乡土中国小小说文丛

家风

王彦艳　连俊超　主编

中原出版传媒集团
大地传媒
大象出版社
·郑州·

图书在版编目（CIP）数据

家风／王彦艳，连俊超主编.— 郑州 ：大象出版社，2016. 7

（乡土中国小小说文丛）

ISBN 978-7-5347-8569-6

Ⅰ. ①家… Ⅱ. ①王… ②连… Ⅲ. ①小小说—小说集—中国—当代 Ⅳ. ①I247. 8

中国版本图书馆 CIP 数据核字（2015）第 212365 号

乡土中国小小说文丛

家风

Jiafeng

王彦艳　连俊超　主编

出 版 人　王刘纯

策　　划　孟建华　马国兴

责任编辑　崔　征

责任校对　毛　路

美术编辑　王莉娟

出版发行　大象出版社（郑州市开元路 16 号　邮政编码 450044）

发行科　0371-63863551　总编室　0371-65597936

网　　址　www.daxiang.cn

印　　刷　新乡市龙泉印务有限公司

经　　销　各地新华书店经销

开　　本　787mm×1092mm　1/16

印　　张　10

字　　数　152 千字

版　　次　2016 年 7 月第 1 版　2016 年 7 月第 1 次印刷

定　　价　19.50 元

印厂地址　河南省新乡经济开发区中央大道中段

邮政编码　453731　　电话　0373-5590988

目 录

屋梁上的柳条箱

孙春平

小雁翎从懂事起，就记着家里的屋梁上吊着那只柳条箱。据说当初箱子是黄白色，但烟熏火燎，加上岁月不动声色的侵蚀，眼下已变成了一团黑黄，就连箱上挂小锁的钌铞儿，也锈迹斑斑没了模样。

小雁翎不止一次问，那箱里装的是什么呀？奶奶说，别人的东西，哪知道。雁翎说，一个破箱子放在哪儿不好，吊在那儿多难看。奶奶说，不是怕耗子嗑嘛。雁翎问，箱子是谁的呀？奶奶说，是你的一位知青叔叔的，走时说会回来取。雁翎问，叔叔？我怎么从来没见过这位叔叔？奶奶想了想，笑了，说按辈分，你应该叫他爷爷，他住在咱家时，你爸爸就喊他叔叔。唉，这一走就三十多年了，那时你爸才十一二岁。雁翎再问，那知青是什么呀？奶奶说，就是城里念书的学生。雁翎追问，城里的学生不在城里念书，跑到咱乡下干什么？奶奶忙着去轰窜进屋里的鸡，扬着扫帚说，不跟你说了，说了你也不明白。

好奇的小雁翎还问过爸爸。爸爸妈妈都去城里打工了，只在过大年和秋忙时才回家，他们说等攒够了钱，翻盖了家里的房子，就不走了。雁翎问柳条箱的事，爸爸说，那个叔叔姓徐，高高的个儿，戴着眼镜，一有空就看书，看过了还写，说是记日记，我估摸柳条箱里装的就是他的书和日记。徐叔叔常带我去屯东的河里玩，夏天游泳抓螃蟹，冬天滑雪溜冰车。他游泳时常把眼镜掉在水里，爬上岸就成睁眼瞎了，总是我钻进水里帮他把眼镜摸上来。有一年冬天，你奶奶病了，烧得那个邪乎，徐叔叔连夜带我去乡里卫生院买药，回来时就遇到了狼，那狼瞪着绿莹莹的眼睛一路跟着我们。那次要不是身边还带着咱家的大黄狗，可就坏事了。雁翎又问，那他为啥把东西扔在咱家就不要啦？爸爸的脸色暗下来，说那年知青们考大学，考上的得到通知就高高兴兴回家准备入学去了。可徐叔叔得到通知时，大学已开学好几天，再不去报到就被除名了。迟得通知的原因其实也挺简单，也不知公社里的哪位马大哈把那么重要的一封信给弄到靠墙的桌缝里去了，害得徐叔叔连回趟家的工夫都没有，就把不想带到学校去的东西都划拉进柳条箱，只说日后回来取。至于他为啥一直没来，我也说不清楚了。雁翎追问，那他现在在哪儿呀？爸爸摇头说，他刚走的那两年，还有信，后来信就稀了，断了，谁知道呀。

但雁翎知道，爷爷奶奶可是把那黑黄的柳条箱太当回事儿了，几乎当成了眼珠子。有年夏天，连降大雨，乡里发出紧急通知，为防泥石流，要求傍山而居的村民立即转移。那天，爷爷奶奶拉着她都顶雨跑出了屯子，爷爷转身又跑回家，好一阵才又扛了那破箱子追上来。有人开爷爷的玩笑，说这是啥金银细软呀，值得你这样不顾命？爷爷说，要是自个儿的东西，别说是金银细软，就是传国玉玺我也扔了它，可这是别人寄放在咱家的，管它是啥，也丢不得的。

两年前的一天夜里，爷爷奶奶看家里的那台黑白电视，有一条是县里的新闻。奶奶突然指着屏幕说，那新当选的县长是不是在咱家住过的小徐子？爷爷凝目再看，说错不了，也姓徐，也戴眼镜，只是比过去胖了，老了。可小徐叫徐东林，他怎么叫徐磊呢？奶奶说，兴许是改名了吧，城里的文化人好整这个。真没想，这兄弟出息成个大县长，这回他可该来家取东西啦！小雁翎也高兴地喊，呀，咱家住过大县长,看谁还敢小瞧咱!爷爷照着她屁股就给了一下子,黑着脸说,这话可不许去外面说,丢人!

但一个月过去了,一年过去了,两年也过去了,徐县长却一直没来取他的柳条箱。雁翎不止一次地想,也许是爷爷奶奶老眼昏花认错了人吧。但自从在电视上第一次看到徐县长,爷爷奶奶一到夜里那个时间,也不管小雁翎是看动画片还是看《还珠格格》,都把电视调到县里的新闻上去,一直盯着看,一边看还一边嘀咕:看那个做派,还有年轻时的影子呢。从电视里,小雁翎知道徐县长翻山越岭到山区考察,号召山里人多养绒山羊;小雁翎还看到徐县长亲自带人到山里打井,说山里人喝了深井里的水不得粗脖子病。记得最清楚的一次,是徐县长带人规划通往山里的公路,主持人说,那条路就从她家的屯后经过,还要铺成黑色路面。爷爷高兴地说,这回小徐可要到家来看看了。奶奶立时就催快把吊在梁上的柳条箱取下来,说把落在上面的尘土擦干净。可柳条箱擦了一次又一次,徐县长仍是没有来。

徐县长以身殉职的消息也是从电视上知道的。天降暴雨,山里的一处水库决了口,徐县长带人去救灾,连人带车翻落进了洪水里。那天,电视上出现了徐磊县长带黑框的大幅照片,哀乐响得让人揪心,爷爷奶奶哭得鼻涕一把泪一把,不住地说,这种事儿怎么就偏让好人遇上呢?

几天后,县里的干部来到家,说徐县长出发救灾前曾写下嘱托,他们是在整理遗物时才发现的。遗嘱上有一条说,他当年插队时曾住黑石沟赵吉年家并存有一些物品,他如遇不测,请代将那些物品就地焚毁,切莫整理,更不要保存。并代向赵家兄嫂及小侄致以永远的怀念与敬意。

烈焰腾腾,浓烟滚滚,就在家里的院当心。那一刻,看着爷爷奶奶哀伤的样子,小雁翎的双眼也模糊了。她只是不解,这么些年,爷爷的徐老弟、爸爸的徐大叔、自己的徐爷爷为什么一直没来家取他的柳条箱呢?

远山呼唤

孙春平

我们这趟列车每天经过这个山区小站的时候，正是傍晚时分。

小站只有一个简易的站房和一条又窄又短的站台，四周连道栅栏都没有，随便哪一个山里人或上下车的旅客在这里都可以四通八达、畅通无阻。

可是小站很热闹。不是上下车的旅客多，而是卖山区土特产的小贩多。车一停稳，这里会立刻变成一个热闹非凡而又别具一格的小集市，几乎每个车窗下都会站着那么一两个高举着山货的小贩。而所谓小贩，又几乎都是十几岁的半大孩子，所以那一片叫卖之声就更加响亮而近乎聒噪。听说这种场面车站也曾几经干涉，但没用，只好满足于维持秩序，不出事就好。我们列车员呢，车一停，便跳下站台，牢牢地把住车门，一是坚决制止买东西的旅客下车，二是防止那些推销者们挤上来。停车两分钟，马虎不得的。

这一带山区出柿子，那种不大、桃状、黄澄澄，还带个尖尖嘴的柿子，甜得很，又不涩。眼下正是柿子成熟的时节，山里人便用尼龙草编织成小网袋，鼓溜溜装满柿子，打发孩子们到站台上来叫卖。

这一天，就在我的这节车厢的窗口下，发生了一件让人啼笑皆非的小闹剧。那时，列车停过一分多钟，车上的旅客已经满足了购物需要，可站台上的孩子们仍做着不甘心的努力。有一个黑不溜秋的男孩儿举着柿子，大声地喊："减价了，两块钱三袋！买二赠一啦！"

旅客们挤在窗口，摇着头。一个干部模样的人逗他："小家伙，拿回家自己吃吧。"

小家伙撇撇嘴："早吃够了，不吃够卖你？"

我大声对孩子们喊："离车厢远点，车要开了。"

小家伙内行地扭头望望前方已闪起绿光的信号灯，突然把两兜柿子并在一起，高举了起来："大落价了，一元就卖！"

这一"慷慨之举"立刻吸引了好几个窗口的旅客。两元钱一袋，几乎是这里约定俗成的价格，现在凭空便宜了一半。那位干部急忙搭话："我买了。"

"给钱。"

"这不正给你拿嘛。"干部忙着翻钱包。

"先给钱！"小家伙分寸不让。

一元钱递下站台，一兜柿子飞进车窗。干部着急地喊："哎，那袋！"

黑小子一手举着那兜柿子，一手举着钱，扭头就往站外山坡上跑。几个孩子一声呼哨，尾随而去。

在车上人绝无恶意的哄笑声中，列车开动了。

这不过是发生在半分钟之内的事情。我一边关车门，一边也忍不住笑。半山坡上，以那个黑小子为首的几个孩子还在得意地冲着列车欢呼跳跃。我回到车厢里，那位干部在大家的玩笑声中不住地摇头咂嘴，自我解嘲，并把那兜柿子打开，请大家吃。

在列车上和各种人打交道，见到的新奇事多了，所以这件事也和车窗外的电线杆一样，一闪就过去了。可没想到，四天后，我担当乘务员又一次经过这个小站时，竟又碰到了那个黑不溜秋的小家伙。

照例，车停稳，我站在车门口。在一片喧嚣声中，那个小家伙十分显眼地引起了我的注意。他并不叫卖，只是抱着一只装满柿子的小网袋，在密密层层的人群中贴着车厢往前跑，一双机灵的眼睛挨个儿车窗寻找，里面流露出明显的焦急与失望。我想起四天前的事情，当他经过我身边的时候，不由好奇地招呼了他一声："哎，你找谁呀？"

小家伙看看我，黑眼睛里似有两点火花一闪，说："我找一个人。列车员大叔，你帮我找找，行吗？"

"什么样的人啊？"

"那天买我柿子的。我……先说卖给他两袋，可我……只给了他一袋。"

我的心不由一动，不由细心地多打量了这个山里的孩子两眼："车上的旅客多了，谁知道他还会不会坐这趟车呀。"

小家伙突然把柿子塞到我怀里："大叔，那你就拿着吧，啥时碰到他，就给他。"

我把柿子推回去："这怎么行？我看算了吧，你往后别再那么卖东西就行了。"

小家伙竟夹了哭音："大叔，你替我找找他吧。不然，俺妈不让俺吃饭，俺都两天没吃饭了。"

列车开动了，我没有答应他的请求，没法答应的。

可是，又是四天后，那兜光润、饱满的金黄色柿子我却再也推托不出去了。那天，列车刚停下，我立刻看到小家伙领着一个乡下女人迎着我快步走来。那女人清瘦精练，黑红的面皮上已有许多细碎的皱纹，衣裤上挂着尘土和枯干的叶屑。看得出，她是刚从秋收的田野或场院上赶来的，她手里托着的那兜柿子立即让我明白了她此行的使命。

"妈，就是这位大叔，他四天跑咱这儿一趟，那天他亲眼见的，不信你问他。"小家伙对女人说。

女人望着我，神色中带着山里人初遇陌生人的那种拘谨与不安："他叔，这小崽子要骗人的事,你都见了?”

我忙作答:“大嫂,孩子已经知错认错了,别太难为他了。”

女人扭头,斥了一声,那小家伙立刻退到十几步远的地方去了。女人压低声音对我说:“他叔,俺扔下地里的活儿,让小崽子领俺跑三四里山路赶了来,这点忙你说啥也得帮。俺不是非把一兜柿子当作多大的事儿,也知道坐火车出门办事儿的人谁也不会把一兜柿子放在心上,俺是为这孩子。别看山里人没见过啥世面,可心里不糊涂。这几年山里的人在外跑买卖挣大钱的不少,可不赶正道儿的也没少见。人穷点富点在其次,可不能让他从小学得贼奸溜滑、坑蒙拐骗。有小就有大,有一回就有两回,这事儿不管了不得。这兜柿子你拿着,我知道你也难找到那个人,可你替大嫂接下这点事儿,得让小崽子知道,为人处世说到哪儿,就得办到哪儿。”

我捧着那兜柿子怔怔地站着,看看这满身尘土、一脸憔悴的山村妇女,再看看十几步外愧疚不安的孩子,实在不知说什么好。

女人回过身,又是满脸的愠色与严厉:“过来!还不快谢谢叔叔。”

列车又开动了,将这极普通的山区小站远远地留在后面,可关于这一兜柿子的故事,却永远地留在了我的记忆里……

三巴掌

安　庆

十七岁那年我外出打工，在林州的一个建筑队。我每天起早贪黑地在工地上和灰、筛沙子，星光和阳光里晃荡着我的身影，有时候我跟在师傅的后头抹砖缝，用的是一个小铁棒。我的手那时候还皮薄，经不住砖和沙子的折腾，尤其那种白石灰和水泥对手的刺激，没几天手上就磨出一溜儿的小血泡。我瞪着手上的血泡泡儿躲在工棚后的一片小树林里哭，小鸟哇哇地在我的头上叫，树叶儿滑过我的脸落满我的身。我对着水池照镜子，还是一个少年的我头发杂乱得像鸟窝，我是那样的狼狈，我的嘴唇干裂得像树上的疤。再说我也吃不惯工地上的那种饭，早上和晚上就是蒸馍就蒸汤水。我有一天背着行李偷偷地回了家，回到家时已是黄昏了，我听见树上的斑鸠在咕咕地叫，奶奶楼顶上的鸽子围着我绕圈儿,我的眼泪哗地下来了。

父亲扇了我一巴掌,狠狠的、带着呼哨的一巴掌。父亲痛痛地对我说:“你怎么能当逃兵呢?你怎么经不住一点苦和累啊?你才十七岁,你人生的路还多么长啊,不受苦你怎么有出息?”我咬着唇看父亲一双长满老茧的手。那一年母亲已经不在了,我看见父亲的手颤抖着,好像带着愧疚地对我说:“爹无能,让儿子和我受苦了,可是谁不是苦中长大的?能受苦的孩子才有出息啊!”第三天,父亲扛着我的铺盖卷把我又送进了城里的一个建筑队。

我的内心不服啊,不忍心我的出息从脚手架上往上长,不忍心让砖和铁架子的棱角把我想写字的手拉得满是血呀!我忙里偷闲饿狗一样地看书,曾经为买一本书我把刚买的一双运动鞋又便宜卖给一个工友,开始构筑我的文学梦,创作的种子就是那时候在心里发芽的。那一年秋天的时候我回家和父亲浇地,我躲在齐腰深的玉米地里看书入了迷,地头的电机烧坏了我都不知道。我在玉米地里又挨了父亲一巴掌,父亲封着我的领把我从地上拽起来,电机还在呼呼地冒黑烟。父亲说:“儿呀,我不怨你看书,可是一个电机就是三百多啊!”我什么也没说,我知道父亲在教训我干事儿不能三心二意。这年秋后我主动外出打工,去一个河滩上给拉沙车装沙子,我憋着气儿要把电机的损失挣回来。春节前我拖着疲惫的身体把铺盖卷背回家时,父亲什么也没说,做了一碗热腾腾的卧了两个鸡蛋的面条递给我。

后来我经历了代课、搞运输、卖衣裳,也算是学会了生活。我的内心还是被一些不安分的念头拱着,甚至想按浪漫的想象外出生活。二十一岁那年父亲给我找了个女孩子,想让婚姻绑住我,让我安分守己地过日子。一天夜里我打了那个女人,打得她跑到院子里呜呜地哭。父亲在深夜把我拉到村北头的一个树林里,又一次狠狠地掴了我一巴掌,深夜里能听见那巴掌呼呼的哨音在半空旋圈儿。父亲说:“我一生都没打过你母亲,她和我死心塌地地过日子,现在你已经是一个丈夫了,根本的一点就是要知道尊重人。”那一夜我没有回家,天快明的时候女人找到我,把我从地上扶起来。从此我和妻子再没有动过武。

一个星期天我回到家,帮父亲收拾着屋子,弓起身我看见父亲皲裂的手,太厚的皲裂已经看不见老茧了,父亲快八十岁了,我紧紧抓住父亲的手,有一种东西在我的眼里打转。我又想起父亲那带哨儿的三巴掌。

打我三巴掌的就是这一双粗糙得像树皮一样的手啊，如果我现在活得算是有了一点儿小出息，我得感谢这双手，感谢那带哨儿的三巴掌啊。

父爱如山，父亲的三巴掌是这个世界上最贵重的教育、最难忘的教诲啊！他使我人生旅途中的脚步迈得更正，生活中的腰杆挺得更直。

父亲的守望

安　庆

父亲的一亩三分地在村东。

我们村都把那地方叫黑土坑,说那块地土中浸油,极肥,是长庄稼的一片好地。种了一辈子地的父亲对土地有一种深挚的爱,没事的时候就守在田里,把一亩多地侍弄得干干净净,不见一根荒草。

我进城里以后,几次劝父亲和我们一起进城。母亲去世后,我越来越放心不下我的父亲,他毕竟已经是七十多岁的人了,可父亲一直执拗地不肯进城。

这年秋天,父亲捎信让我回去一趟,并嘱咐我一定要带回那部照相机。

我匆匆地回了家。

父亲把我带到了田头。父亲说:"你爱照相,报纸上发过你拍的照片,今天你给我也好好地照几张吧。"

我问父亲照哪儿。

父亲说:“照这地啊!你看这庄稼多好啊。”我望过去,是啊,齐胸高的玉米秆绿盈盈的,风吹过来,长长的叶子悠悠地晃动着,半空的鸟儿在翩翩飞舞,白云在鸟的头顶自顾自地白着。

这天,我为父亲拍了好多照片,回到家,父亲问我:“知道为什么让你拍照吗?”

我摇摇头。

父亲说:“你不是一直让我丢地吗?”

我惊喜地问父亲:“你同意了?”

父亲沉重地点了点头。父亲说:“等收了这茬儿秋就丢。”

秋后,父亲又让我回去。

父亲说:“地,转租给你旺叔家了,按别人转租承包的条件,给咱个口粮。”

我说:“行。”

父亲说:“让你回来,写个简单的手续。”

手续写好,父亲唤了旺叔,我们一齐往地里去。我们站在土地前,站在田头看着土地,收获后的秋天一望无际,到处是收割后的空旷。行动早的人家已经在犁地,拖拉机的嗡嗡声震动着田野,地头的野菊花在风中绽放。

父亲给旺叔点了地界。父亲说:“老旺,地就交给你了,要种好,我虽然不种了,但我要回来看我的地,地的主人毕竟是我。”父亲深情地看着土地,一层湿润浸上了他的眼角。

好大一会儿,父亲叫我。父亲说:“你好好认认咱家的土地吧。”父亲指指地头的一根树桩:“这就是咱家地的记号。”

我点点头。

父亲很专注地站着。而后又对我说:“孩子,你看到了什么?”

我仰起头,看着眼前的土地,看着土地那头氤氲着雾气的河水,我不知道该怎样回答父亲。

父亲又一字一顿地问:“你看到了什么?”

我支吾着:“就……就是地啊。”

父亲忽然很严厉地说:“你个不孝子啊。”

父亲的话使我浑身一颤。我猛地抬起头,看见了我家土地的那头一方小小的坟丘,坟丘上长着青青的葛巴草,坟前竖着一块矮矮的墓碑。那是母亲,那是已经离开人世整整十年的我的母亲啊。

父亲说:“这地咱种了十几年,我陪了你母亲整整十年了。这是你母亲临终前我许她的愿,现在我还愿了。”

我们无言地走向母亲的坟前,在坟前默默地站着。我再也忍不住流下泪来,为母亲,为父亲的守望。

暖墓穴

袁省梅

母亲的坟墓已经刨开了，等着明天与父亲合葬。老大一身白孝，蹲在坟前，瞅瞅老二，扁扁嘴，心说等老二来了，一起下去。老二在地头蹲一会儿站一会儿，孝子棍梆梆地戳着地边一块砖头，看老大一眼，倏地扭过头，装作没看见，却不往坟前去。

老二和老大已经快十年不说话了。那年，老二的孩子初中毕业辍学，老二找老大帮忙给娃找个活儿干。老大的小舅子媳妇的舅舅在县里是个局长，老大的孩子大学刚毕业，就给找了份工作，安安稳稳地坐办公室拿工资。老二眼红，让老大给他小舅子媳妇的舅舅说说，给他孩子也找份工作。老大没把事情办成。老二孩子工作找不下，打架斗殴，偷人抢店，进了派出所。老二抱怨老大不出力，说要是旁人也就算了，可我是你亲弟弟，娃是你亲侄子,你不帮,存心害娃进监狱。老大说我腿都跑细了嘴都说破了,人家说娃只是个初中文化不行啊。老二说没有好活儿还没有赖的吗?你就是存心不帮还说一肚子人情话,你有半点儿人味儿吗?

老二怨着怨着就怨出了一股恶气,呼哧呼哧跑到老大家,把老大家的锅碗砸得稀烂,电视机也被掀到了地上,摔得稀烂。老大媳妇火了,跑到老二家也砸了一通。从此,过年过节,老大老二也不走动。巷里碰了照面,也跟陌路人般,横眉对冷脸,谁也不理谁。

父亲死了,灵堂设在老大家,停灵七日,供人祭奠。老二对媳妇说,养老送终是正事,咱不去老大家,在地头巷口等着,给爸送终。

总管来了,提着一壶酒,看见地头的老二就高声大嗓门地呵斥:眼瞅着天黑了,还不紧赶着下去暖墓穴,等啥哩!

羊凹岭的习俗,亲人下葬前一天,儿女得下到墓穴查看亲人的“房子”——另一世界的“家”,不平的地方平整好,不阔的地方再挖大,还要在放置棺材的地方躺一躺,唤作“暖墓穴”。

老二扯过酒壶,跟在总管身后,扑嚓扑嚓去了坟地。

老大下墓穴里了,老二还是不下去,他要等老大上来再下。他不想跟老大碰面。

总管又叫骂:下!等啥哩?就你弟兄俩,把你爸妈的墓穴弄好!

老二不情不愿地嘟着嘴,把酒壶别在腰上,手撑着洞壁,蹬着壁上的脚窝子,下去了。墓穴里,母亲的棺材旁有一块空地,是放父亲棺材的。老大捏着手电筒,一手拍着黑土,一下一下,拍得很仔细。潮湿的土腥味夹着浓浓的腐烂味呛得老二直抽鼻子,忍忍,没打出喷嚏,一股悲凉却寒流样从鼻子里窜入,流遍全身,冰冷冰冷。老二不敢看母亲的棺材,薄薄的棺材板子已有缝隙。母亲就在缝隙那边。老二想着,泪水哗地涌了满脸,擦了一把,又涌了满脸。埋葬母亲时,他还小,十岁,不敢下去暖墓穴。老大抓着他的手,说,不怕,有哥哩,跟着哥。

看老大一点儿一点儿地摩挲着洞穴的土,老二突然觉得心里潮潮的,好像看见妈在炕上纺线纳鞋底。妈手上总有做不完的活儿。大哥割草喂猪放羊担水,回来从草里给他掏摸出一个柿子一个甜瓜。家里没有大牲口,犁地耙地,大哥就扛着疙瘩绳死命拉。冬季农闲,大哥就跟爸去山上煤窑拉煤卖。大哥没上过学。爸供不起两个学生。大哥总是说,二,你好好学,我和爸供你。

真快啊。突然,老大说,妈都去了三十多年了。

三十四年。老二心里说。他心里别扭着,还是不想搭理老大。

争来争去也不过四尺宽的地儿。老大说着,就躺在地上。

老二突然觉得老大也老了,声音苍老得像父亲。

转脸,都走了。老大说。

老二看见老大脸上亮亮地闪,叹息像从土里挤出来的,深沉,悲凉。

老大起来了,指着地,说,你也躺躺吧,二。

老二心头一颤,多少年了,没听过哥唤他"二"了。他别别扭扭地躺下来,眼前一片晦暗,洞口的光打在土壁上,很遥远,又似乎近在眼前,一抓就可以抓到的样子。那过往的日子呀。

生死就这四米深啊。老大扶着母亲的棺材,唏嘘。

老二爬起来,抬眼看老大,老二看见老大黄瘦干枯的脸。几年的光景,都老了。

老大又说,就剩咱俩了。

老二咬着牙还是不说话,却咬不住泪,四十多岁的人像个小娃娃,泪流得稀里哗啦。

总管在洞口喊,好了就上来,奠上酒。灵前还有事等着你们兄弟哩。

老大踩着土窝子上去时,老二在下面托着他一只脚,往上送。

老大上去了,蹲在洞口,看老二上来了,伸出手,拽老二,说,回去,二,灵前上香。

老二没说话,点点头,跟着老大去老大家了。

野猪横行的日子

夏一刀

我爹说，穷且益坚，不坠青云之志。我爹说，饿死事小，失节事大。躺在光席上，望着天上的星星，我爹给我们讲古人不为五斗米折腰的故事。

有一天，我捡了一块钱，立刻交给了老师。爹拿着我得的奖状，笑得合不拢嘴。爹说，西儿，好样的！

那一年，我九岁。

爹说归说，我们听归听，吃起饭来，我们三兄弟还是像地狱里逃出来的饿鬼。

那个时候，吃上一顿饱饭，是人生最大的梦想。

爹出早工回来，拖起一个土碗到锅里盛粥。站在灶边，爹嘴一嘬，呼噜噜一阵响，一碗水一样的稀粥就到了肚里。

母亲说，吃一点儿干饭吧，吃一点儿菜。

爹说，饱了饱了。就拍拍肚皮，坐在门槛上抽叶子烟去了。

爹抽完烟，到水缸里舀了一大瓢水喝下，就敲响了挂在门前枣树上的铁钟，带领社员出工了。

爹那时是生产队长。爹读过书，有文化。爹长得伟岸。爹是我们三兄弟最大的骄傲。

那时候，野猪横行。

开会的时候，爹问牛婆，牛婆，昨晚红薯地里是不是又来野猪了？

牛婆说，是的，夏队长，昨晚我和老虾、革命三人一起守夜，我们三人是轮流着睡呀，不知道那些畜生怎么还是把红薯拱了一大片，唉。

今晚轮到疤子和泥巴还有老狗守夜了吧？

是的。

那好，疤子、泥巴、老狗，你们三人晚上不要睡太死，听到没有？

疤子和泥巴、老狗点头说，是！

守夜归守夜，一个秋天下来，一大片红薯地还是被野猪糟蹋得差不多了。

爹对着县里来蹲点的干部说，没办法啊，野猪太猖狂了，您看今年的任务是不是少交一点儿？要不，真的会饿死人的。

野猪不但糟蹋红薯，还糟蹋苞谷。

爹一遍又一遍地警告我们说，野猪的毛像钢针，一碰到人，就能把人扎成筛子；野猪的獠牙有一尺多长，能把人叉死；野猪用长嘴一拱，就能把人拱到半天云里；野猪跑起来像风，人怎么跑都跑不过的。千万不要到苞谷地里去，知道吗？

有时候我们走夜路，走着走着，背后好像有窸窸窣窣的声音，就想肯定是野猪蹑手蹑脚地跟来了呢，也不敢回头，心惊肉跳地走一阵，就突然狂奔起来。

我们害怕野猪，却未曾见过野猪，便极想看到。

我和哥说，哥，敢不敢去见野猪？哥说，敢。

我哥比我大一岁半，却长得比我矮且瘦。我便和像弟弟一样的哥哥选了一个有月光的夜晚去看野猪。

仲夏的夜晚，有风。风拂着密密匝匝的苞谷林，叶片发出沙沙沙沙的声响。

我和哥各自手里拿了一根木棒，弯下腰朝着苞谷地深处走去。

果然，不一会儿，就听到不远处传来哗啦啦哗啦啦的苞谷秆相互撞击的声音和苞谷秆被折断的咔咔声。哥紧挨着我，吓得发抖，我的心也怦怦跳个不停。

我小声说，哥，我俩再挨近一点儿吧。哥僵在原地，死活不肯上前。做弟弟的我却突然冒出一股勇气，就甩下哥哥，朝发出响声的方向爬了过去。

那一夜月光如水。

我轻轻地、悄悄地拨开前面的苞谷叶，眼前的一幕让我呆若木鸡。

我爹在苞谷林中，疤子、泥巴、革命、老狗他们在爹的指挥下，疯狂地掰着苞谷，我爹再用脚把掰过的苞谷秆一根一根地踩倒。

爹赤着膊，挥舞着大手把掰下的苞谷集中在一起，一遍一遍地数，之后一个一个地数给疤子他们。

我看月光下的爹，竟如一个打家劫舍、杀人越货的匪首，那么龌龊、卑鄙、奸诈。

爹在我心目中的形象轰然倒塌，我的心被击得滴血。

我放声哭起来。

爹闻声过来把我一把钳起来。

我突然一转身，狂奔起来。我哥尖叫着，在我背后连滚带爬地跟着我。

第二天，我没有和爹说话。从此之后我不再和爹说话，碰到爹，我眼一低，侧身过去。

爹再也不呵斥我，有时三兄弟同时做了坏事，哥哥和弟弟都挨打，但我没事。

我拿了一把弹弓，恶狠狠地朝着枣树上的铁钟狂射。

爹坐在门槛上抽烟，一眼一眼地看我，看得出他想和我说话。但我不管。爹丢了一地的烟头，最后闷声走了。

学校“斗私批修”，我写了一篇小字报。

一个十分闷热的下午，蝉的叫声奄奄一息。县里和乡里来了调查组。大礼堂里挤满了人，会场里的空气令人窒息。

我爹突然从人群中站起来，他把搭在肩上的汗褂不慌不忙地穿在身上，脚步坚定地走上主席台。

爹说，别查了，是我干的。

跪下！县干部一声断喝。

爹跪下了一条腿。一个干部飞起一脚,将爹的另一条腿踢弯下去。干部叉开五指,将爹高昂着的头使劲按压下去。

汗像水一样从爹的身上泻下来。

我躲在角落里,看着哭泣的母亲,心头一片茫然。

晚上,我悄悄地躲在枣树下,不敢进屋。

突然,有人摸我的头,我回转身,看到爹赤着膊,穿了一件破旧短裤默默站在那里。

爹又伸手摸我的头。爹说,饿死事小,失节事大。西儿,你是好样的!

我突然一下抱住爹的腿,放声大哭起来。

拉弯的天空

王　往

腊月二十八,我赶到了老家。

我一路笑着,和村里人打招呼。一个回到老家的人,笑容是对母亲最好的慰藉。

一进门,我就问妻子,妈呢?妻子说,在小菜园里呢,是挖地去了吧。

我当即去了小菜园。孩子拉着我的手,吃着香蕉,一蹦一跳。

母亲是在挖地,在那只有几张桌子大的小菜园里。那是我们家唯一的土地了。自从到了城里,我就把地退了,这事一晃已过去了七八年。

到了小菜园,那土上有一层细雪。母亲的头发全白了,不是那种养尊处优的银发,是枯发,灰白,像枯草间萎缩的叶子。想不到,这些年,不种田了,母亲反而衰老得厉害。

我说,妈,我回来了。母亲停下来。母亲笑笑,回来啦。母亲的脸色是灰黄的、干涩的。以前,不是这样,那时母亲一顿能吃两碗米饭,脸色红润,如枫叶。我说,妈,不挖了,回去吧。母亲说,挖一下,把土翻过来,冻酥了,春天虫子就少了,到时种些豆角,种点青菜,就这点地啦。我接过铁锹说,妈,我来挖。母亲说,算了吧,回去,这点地留着,我明天挖。

母亲扶着锹柄,目光投向了村外那些大片的农田。母亲小声说,你听没听说,现在种田不用缴农业税了。

我说,听说了,报纸天天看呢。

母亲说,开始我不信,后来听人说了,我就去看电视,真有这事,我几夜都没睡好。

我知道母亲又要说种田的事了,就避开她的目光,没敢接话。我每年回家,她都要说我们家没地种了,退了地真可惜。我说,一来,你年纪大了,我们心疼你,不想让你再操心;二来,我们兄弟都工作了,人人给你钱,你想吃什么都买得到,还种什么地呢?母亲说,分田到户那年,我和你爸没日没夜地在田里忙,心想,这下有粮吃了,你们读书也不愁学费了,哪想到你们大了,一进城里就不种田了。不是种田,我和你爸哪能养活你们?我说,你还想我们在家种田啦?你盼我们长大成人,有出息,不就是想我们有个好工作、好家庭吗?母亲当然没理由反驳我,只是老重复着一句话:唉,没田种了……

大年初一上午,无风,太阳又艳。我和村里几个小伙子坐在廊檐下闲聊。母亲和妻子在灶屋做饭。快吃午饭了,来了一个讨饭的老妇。老妇往门前一站,放下米袋,笑呵呵地说,小兄弟们帮帮忙。我说,老奶奶,您的儿女呢?老妇说,一个儿子,脑子不好使,女儿出嫁了。我问,老头子呢?老妇又呵呵笑起来,老头子,早死啦。我说,对不起,奶奶,问到你伤心事了。我对孩子说,拿一碗米给奶奶,用大碗。孩子跑去厨房了,出来时却抓了一把米。那小手能抓多少米?我对孩子说,叫你用碗,大碗。孩子把米放到老妇米袋,又跑向厨房,出来时,对我说,爸,妈说不让给了。我皱了皱眉:妻子一向是个大方人呀。我有些生气了。我掏出十块钱给了老妇。我说:奶奶,一点儿心意。老妇接过钱,不停地说,好人啦好人……

吃完了饭,没人的时候,我半开玩笑地对妻子说道,现在你掌权了,一点儿不顾我的权威了。妻子说道,我怎么啦?我说,那讨饭奶奶怪可怜的,我叫给一碗米……妻子说,你不知道,米缸里的米都是妈秋天拾回来的,当时我在炒菜,她在烧火,我怕她心疼啊。一缸米,要拾多少稻穗啊……

我说,哦。

我去了厨房,打开米缸,抓了一把米,那米有圆圆的珍珠米,有长长的鼠牙米,有青白相间的"一品香",有尖尖的糯米……是的,是拾的稻穗碾出的米。我的手颤抖了,泪水一点点浮上来。

我看见秋天的田野,看见秋天的母亲。

她弯着腰,从一块田跨到另一块田。

她走到了自家的稻田。她弯下腰,又站起来。她的目光抚摸着每一株稻根。她怎么也不相信,她盼了大半辈子,等来了分田到户,等到了自己的田,她像服侍皇上一样服侍它,它却归了别人。一群麻雀,呼啦啦,像一排密集的子弹落到了田里,在田的另一头不停地啄食。她流下眼泪,她手中握着的不是自己亲手种植的稻谷。她弯下腰,哭出声来,她要土地回应她:这是你自己的土地。

她的腰把秋天的天空拉弯……

父亲的麦子

王　往

一场的麦子摊得很薄，暗红的麦粒在火辣辣的阳光下像庄稼人的古铜色皮肤。晒场被父亲翻耕后又泼水浸了一夜，晒到半干，赶着牛，拉着石磙子碾了几百圈，结结实实，平平整整，连牛蹄也踩不出印子。上面火烤下面地烙，麦子很快就干了。傍晚时就收场进仓，父亲望着满场的麦子想。

父亲转身回到屋后的大杨树下，躺在凉席上。今年的麦子收成好啊，除了责任田的三亩麦子亩产七八百斤，父亲还承包了集体抛荒几年的二亩沙土地，精耕细作，也是穗大粒饱。父亲躺着，摇着蒲扇，听着蝉鸣，出了多少汗他不想，麦子能卖多少钱他不想，邱寡妇抛给他的媚眼他不想，他只知道麦子，几千斤麦子躺在晒场，他只想傍晚收场进仓……

“下雨啦——”睡眼蒙眬中父亲被惊醒。父亲慌忙起身,没穿鞋子,光脚跑到晒场。天上太阳还亮着呢,可是却下雨了。雨点大,但稀疏。邻人已忙着收场。父亲笑笑:“老天爷,你淋湿了还由你来晒。”话是这么说,父亲还是叫醒了睡午觉的一家人。笆斗、扫帚、木锨,样样家伙上,七手八脚忙。

太阳倏然隐去,天空顿时阴沉,狂风起,乌云涌,雨就下大了。“不要上囤了,赶快堆起来,盖上塑料布!”父亲当机立断。一道闪电划过,一个巨雷炸响,雨点更大了,雨脚更密了。“不要堆一块,赶紧堆小堆!”父亲心急如焚!雷电交加风雨狂,不一会儿没堆上的小麦就湿了,人一走动,泥巴就沾上了脚。“盖上塑料布,压上砖头块!”父亲声嘶力竭!慌慌张张盖上塑料布,压上砖头块,父亲指挥一家人回屋。母亲还在犹豫。“快回,脚把麦粒踩到泥里了。”父亲大声吼。

“这可怎么办?这可怎么办?”母亲喘着粗气。父亲抹了把脸上的雨水说:“雷阵雨,过得快,雨过天晴就好了。”

可是那场雨,直到半夜还没停。父亲顶着雨,走到晒场上,天啊,晒场已被雨浸软了,一踩沾起一块泥,泥里尽是麦粒。打开塑料布,堆成的麦堆也浸水了!“赶忙往家运!”父亲吓坏了。顶风冒雨,七手八脚。运回家的麦粒只有千把斤,没堆成堆的大部分还在风雨中,还在泥水中!

千刀万剐的雨啊,一直下到第二天下午,打开塑料布,麦粒涨大了!又过了一天,还没出太阳,麦粒发芽了。

太阳出来时,发芽的麦子沾着泥巴。一捧捧拢起,淘干净了,又晒。

面粉厂的罗三开着客货两用车来了。

“老王,卖给我吧,你的芽麦。”

“芽麦你要做甚?”

“磨面粉。”

“这芽麦磨出的是黑面呀!”

“我往好麦里一掺,没人看得出。”

“我怕黑面吃了黑心肠呢。”

“我一斤给你一角五,你扔了也是扔!”

“我怕吃了黑面黑心肠。”

“哟嗬,老王你说话带刺儿呢,你不卖有人卖!”罗三朝雇工挥手,“走!‘乌龟死了壳子硬’,别跟他啰唆!”

罗三刚一走,父亲摇起了拖拉机:“芽麦装车上,撒田沤肥去!”

跟着父亲到了麦茬田,我说:“田里水好大。”

父亲说:“水大好沤肥,水大好栽秧!”

父亲说话时,手按在我的肩上,沉得让我受不了。我仰脸,父亲盯着前方,眼里有泪珠在晃!

身　教

安石榴

母亲独自把他带大。

母亲是个爱恨鲜明的人，这样的人做事果断决绝，能担当，所以她调教的儿子没有阴柔之气，从小虎头虎脑的，很有朝气。

儿子小的时候，有一次感冒发烧，在医院打完点滴下楼的时候，一个人呼啸着狂奔而来，紧接着后面有人喊：抢包了！抓小偷！抓小偷！楼梯上的人下意识地纷纷避让，母亲健步上前，轻轻伸出一只脚就把小偷绊倒了。有几个人把小偷按住，丢包的人赶上来骑在小偷身上就要开打，母亲大声喝住：

不要打他！

丢包人愤怒地咆哮：他是小偷！

那也不能打，交给警察。

围观的人群毫不迟疑地支持丢包人，高叫：该打该打！但母亲不退让，丢包人把怒气转到她这里：你管什么闲事！

儿子挺身而出，大声说：是我妈妈把他撂倒的！

几个人连声说是的是的，不知道他们要证明母亲的勇敢还是承认自己的懦弱。

小偷终于完好无损地被警察带走了，母亲没怎么样，儿子仿佛很神气似的。

儿子越长越大，母亲的变化也很明显，她有白头发了。但是，不知不觉之间，娘儿俩的性格越来越像，越来越默契。

儿子上高三的时候，那年冬天特别地冷，最冷的那一天，儿子放学回来冻得直哆嗦，只穿了一件陌生而破旧的单夹克，自己的羽绒服送给同学了。儿子说：妈妈，他太可怜了，这样的夹克衫怎么能过冬？我不是有两件羽绒服嘛，送他一件没问题。

母亲笑了：没错，是我的儿子。

儿子已经是个有一米八身高的小帅哥了，很轻易地就把母亲搂在自己的臂膀下：妈妈，我们两个是不是一模一样？

母亲却幽了一默：不会一样的，儿子。妈妈只念完七年书就下乡了，而你呢，不但要上大学，还得把硕士、博士给我统统拿下。

儿子大学毕业没出校门直接参军了。

母亲心里一直有些话，但是不好出口，儿子返回部队的头天晚上，母亲像是下了决心似的，拉着儿子的手说：

儿子，当了兵就完全不一样了，你会遇到很多老百姓遇不到的事情，你给妈妈记住，一定要注意安全……

母亲游移的眼神让儿子十分陌生，他不知道母亲心里在想什么。母亲有一个很令她惊异的发现，就是这个古老的中华民族，长久以来在每一个危亡和关键时刻，都是由青春的孩子们牺牲自己而奋力保卫和拯救。母亲的心曾经为此非常地庄重，但此刻，连着血脉的儿子让她疼惜，甚至担忧。母亲终于艰难开口：

救人什么的，你不要往前抢，好不好？答应妈妈。你还是棵小嫩芽儿，还有谁、还有什么比你更宝贵呢？

儿子看着母亲有长长的五分钟,直到母亲脸上现出淡淡的红晕,儿子知道母亲说了这样的话已经羞怯了,他疼爱地把妈妈揽在自己已经很坚实的胸前,觉得母亲这样娇小,真的需要他的保护。儿子理解母亲,但他哧哧笑出了声音:

妈妈,你说什么呢!

儿子宽容地捏了捏母亲的肩膀。

六年之后的5月14日,儿子牺牲在汶川。他在不断震荡的坍塌物中,一连救出五个孩子,他已经爬到最后那个孩子的身边,一块巨大的预制板塌了下来,在生命的最后一刻,他把自己铸成永远凝固的穹隆,给了孩子一个坚固的空间。

母亲得到消息,收拾了简单的行装出发了,她要去一个陌生的城市。那里有她儿子的家,儿媳妇的腹中正孕育着新生命,她要照顾他们,陪伴他们。

一路上母亲——这位不久之后的奶奶,心里反复对孙子说着一句话:我的宝贝,我的小可怜儿,我不会让你真的成为小可怜儿,我要让你知道你有个多么好的爸爸。

太阳底下最幸福的人

蔡　楠

母亲坟上的青草荣了又枯，枯了又荣。掰指细数每个悲痛的日子，不觉间，母亲离开我们快两年了。

两年来，我始终不敢打开记忆之闸，不敢让回忆在我的脑海里形成汪洋之势，甚至不敢写回忆母亲的只文片字。我怕控制不住自己的感情。多少次我看到别人依偎着母亲，搀扶着母亲，或者呼唤着母亲，歌唱着母亲，抑或提到母亲二字，我就悲从中来，泪水便会淹没我不再年轻的眼睛。

由此，我和母亲感情之深可见一斑。我们姐弟六个，只有我是男孩。千顷地，一棵苗，母亲娇我、宠我、疼我、惯我。早些年日子贫寒，母亲把细粮和最好的食物全都留给我。不管是老的父亲、大的姐姐，还是小的妹妹，一概都吃粗粮。长到七八岁的时候，母亲还把我搂在怀里一边哄婴儿般唱着“天上布满星,月牙亮晶晶”,一边嗡嗡地摇着破旧的纺车。一灯如豆,纺线长长,宛若庄户人漫长艰苦的岁月。

母亲气管有炎症。那是生我那年落下的病。那年秋天的一个中午,母亲忙完生产队的活计,又背筐到河堤打草,好卖个钱贴补生计。母亲干活是快手,在生产队干活,割麦锄地在女劳力里总是第一名,连一些男劳力也不是对手。母亲很快就打满一筐草,起身去背时,也许由于筐太沉,也许由于饥饿没力气,一下子没背起来,还跌倒在地。据赤脚医生说,母亲缓过劲儿来的时候,嘴里咳出了一口鲜血……

有气管炎的母亲从不知道爱惜自己。在生产队里仍然挑重活脏活累活干。家里女孩多,劳力少,母亲是想多挣点工分,好在麦收秋后多分点口粮。后来农村实行联产承包责任制了,母亲更是匍匐在自己的土地上,与同样热爱土地的父亲一起坚强地在十几亩地里耕耘劳作。别人家有农用拖车,我家没有。耕耩耙运,我们就用小驴。小驴累了,母亲就抢过绳套自己拉。常常是别人的庄稼还没收上来,我们的下一茬儿庄稼苗就破土而出了。只有这时,母亲才肯歇一口气儿。

靠着父母的勤劳,我们小兄妹三个花费着父母的血汗钱上了学,后来又在城里找了工作。三个姐姐也出了嫁。孩子们鸟儿一样地从父母的巢穴里长大、扑飞了,只留下孤寂的筑巢人和一座空巢。最不能容忍的是,我不仅自己飞走了,还把老婆孩子都带走了。要知道我的一双儿女也都是母亲一把屎一把尿带大的,没有我的日子,孙子就是她的寄托。进城的那一夜,母亲的咳嗽声好像比以前激烈了许多也响亮了许多。早上,我想打退堂鼓,可母亲却坚定地把手一挥说,还啰唆什么?俺和你爹不就是盼你们有出息吗?你们进城,是爹娘的脸面呢!说着,一把抱起她五岁的孙女,头也不回地向车站走去。

母亲坚硬的外表下其实有一颗柔软的心。她敢作敢为,豪爽慷慨,对强者敢于碰硬,对弱者又极尽女人的温婉给予无限的同情。石头嫂愚笨懒散,不会女红,母亲常常替她一家缝缝补补,还把我们穿剩的衣服救济他们一家。傻彩是个有爹没妈的半痴呆的姑娘,缺少母爱,一年三百六十五天涎水渍得下巴通红。母亲总是把她领到家来,不仅从我们的手上夺下饭菜让她吃,还做了几个围嘴替换着套在她脖颈上。母亲还是个热心的媒人,她不知成全了多少个因年龄大、条件差寻不到媳妇儿的老小伙儿,使得我们村的光棍儿比例连年下降……

父母眷恋乡土,生就的土命。我多少次劝说他们跟我进城来住,可他们死活不来,年近古稀还在责任田里自食其力。母亲就是在簸豆子的时候,由于过度用力,突发脑溢血的。

后来就是四年的轮椅生涯。我们用了能够买到的药,跑了能够跑到的医院,最终也没能使母亲站立起来。眼见着母亲日渐衰老,如老树在一点点褪去她生命的绿色;如蜡烛枯竭了脂膏,一点一点地黯淡了她的光芒。我们回天无力,只能痛感生命的无奈和命运的不可逆转。

母亲在2004年7月9日驾鹤西去。可我,这个她爱了一生疼了一生宠了一生惯了一生的儿子,在她临终前却还在工作岗位上。等我得到她病危的消息开车从城里往回返的时候,竟然赶上了堵车。绕了两个多小时赶到乡下时,母亲已经停止了输氧,身体正在变凉。父亲说,你妈刚刚还在呼唤着你的小名呢!

娘,我的亲娘啊!我抱住母亲号啕一声,哭昏过去。这时天空一道闪电,大雨倾盆而下。

母亲真的是驾鹤西去的。大雨下了三天,等到母亲出殡那天午后,天就突然放晴了。后来人们的传说是,一群似鹤似雁的鸟儿飞落到我家的上空,把一堆堆乌云驮走了,好让母亲清清爽爽上路。鸟儿飞去的方向是西北方向,正是我们墓地的方向。我想:鸟儿驮走的,不仅仅是乌云和暴雨,还有我母亲的灵魂啊!

清明时节。我跪在母亲的坟前焚烧完纸钱,又为母亲点燃了三炷香。在阳光里,在冥冥之中,我仿佛又扑进了母亲温暖的怀抱!

有人说,母亲是儿子心中的太阳。尽管我的母亲不是伟人,也不是名人,她只是亿万母亲中最普通的一个。她不会名垂千古,也不会流芳百世,而且她的骨灰很快就会融入大地化为泥土。但她是我永恒的太阳,她的光芒永远辉映着儿子的一生。而作为她的儿子,我就是太阳底下最幸福的那个人!

官　娃

刘建超

“俺娃在省城做大官呢。”这句话不知被森德老汉唠叨过多少回。街坊邻居遇到个啥作难的事，这句话就会从森德老汉皱巴巴缺了牙的嘴里轻溜溜地滑出来。乡里乡亲的谁家圈里几头猪谁家母驴怀了驹都再清楚不过了，你森德家的娃在城里当大官？歇歇吧。当官的人村里倒是有一个，东街的狗毛在县城啥子公司当科长，每次回村都开个铁壳子车，给村里人发带把儿的烟。

森德老汉的话不是没人信过。那年县里化肥脱销，村里人眼瞅着田里的苗施不上肥，急得牙根子上火。森德老汉一句话，惹恼了村委主任，老爹，你就别添乱子了，你娃真当的是大官就让他给批点化肥来。看看人家狗毛家的地，早上了肥了。森德老汉就背了个包搭车去了省里，三五天过去还真拉回一车尿素。价钱高了，可田不等人,肥用了,闲话也有了。还说娃在省里当啥官呢,连平价化肥都搞不到呢。森德解释说,俺娃说,尿素上着比化肥好呢。庄稼人不愿听,庄稼人图的是实惠。

森德老汉每年地里活儿闲的时候,就背着杂粮去娃家住上几天。回村里也给人发带把儿的烟。人们吸着森德老汉的烟,打听着城里的事。森德老汉说,城里咱乡下人住不惯。上楼下楼都关在个铁壳子里,忽闪得人头晕。地上铺着木实块,油光光的直想打斤斗。七老八十的人喽,娃媳妇还逼着他喝酸奶。连上茅池都是坐着,干使劲就是屙不下来。年轻人逗趣说:吹牛吧,你娃要是个大官也开的就是小车。森德老汉再进城还真是坐着红颜色的小车回村了。森德老汉说,在城里两天就住腻了,对娃说俺要回村呢。娃说去买火车票,俺说火车坐着头老晕。娃说那就买汽车票,俺说汽车开不到村里,爹老了,腿脚不利索了呢,你就用你成天坐的那种小车把俺送回去,村里人都应记着呢。娃没说二话,打个电话就要来车。瞧瞧,排场不?红颜色,娃说吉利。森德老汉脸上堆满了欣慰。一青年围着车转了一圈认出了车上印的字,老爹,你坐的是出租车,要花大钱雇呢。俺一个子儿也没掏。那是你娃给掏的呗。问问师傅从省城到咱村得多少钱,开车师傅伸出仨指头。恁贵,三十块钱?森德老汉瞪圆了眼。三十块钱摸摸,给了三百我还不愿跑呢,回去得赶黑路呢。森德老汉张大了嘴巴。森德老爹你也真舍得,可以买半吨化肥呢。森德老汉像一下矮了许多,见到大人小孩儿都低着头,从此不再说娃在省城做大官的话。

森德老汉病了,病得不轻。村主任说发个信儿让娃回来看看。森德摇摇头,娃忙,娃不易呢。森德老汉去世后,他娃从省里回了村,坐的还是森德老汉坐的那种花钱雇的车。第二天村里来了一排溜大车小车,有省里、市里、县里的,村里人才想起森德老汉的娃真是在省里当大官呢,是个行长,手里管着几千个亿呢。森德老汉的娃挨家挨户感谢乡亲对老爹的照顾,然后带着媳妇、女儿在森德老汉的坟前跪了很久很久。

身后的眼睛

曾　平

那是一头野猪。

皎洁的月光洒在波澜起伏的苞谷林上，也洒在对熟透的苞谷棒子垂涎欲滴的野猪身上。

孩子的眼睛睁得圆圆的。野猪的眼睛也睁得圆圆的。孩子和野猪对视着。

孩子的身后是一个临时搭建的窝棚，那是前几天他的父亲忙碌了一个下午的成果。窝棚的四周，是茂密的苞谷林，山风一吹，哗啦哗啦地响个不停。

孩子把手中的木棒攥得水淋淋的，这是他目前唯一的武器和依靠。孩子的牙死死地咬紧，他怕自己一泄气，野猪趁势占了他的便宜。他是向父亲保证了的，他说他会比父亲看护得更好。父亲回家吃晚饭去了。孩子是吃了饭之后主动向母亲提出来换父亲的。

野猪的肚子已经多次轰隆隆地响个不停。野猪眼露凶光，龇开满嘴獠牙，向前一连迈出了三大步。

孩子已经能嗅到野猪扑面而来的骚气。

孩子完全可以放开喉咙喊他的父亲母亲。家就在不远的山坡下，但孩子没有。孩子握着棒，勇敢地向野猪冲上去。尽管只有一小步，但已经让野猪吃惊不已。野猪没有料到孩子居然敢向它反击，嗷嗷嗷地叫个不停。野猪的头猛地一缩，它准备拼尽全身的力气和重量冲向孩子。

在窝棚的一个角落，一个汉子举起了猎枪。正在他准备扣动扳机的时候，一双手拦住了汉子。

汉子是孩子的父亲。拦住孩子父亲的是孩子的母亲。

孩子的母亲一边拦住孩子的父亲，一边悄悄地对孩子的父亲说，我们只需要一双眼睛！

汉子只好收回那只蓄势待发的手。

孩子的父亲和母亲，眼睛全盯在孩子和野猪身上。月光洒在孩子父亲母亲紧张的脸上，他们的担心暴露无遗。孩子的父亲和母亲已经躲在窝棚的角落有些时候了。

孩子没有退缩，也没有呼喊。他死死地咬紧牙，举起木棒严阵以待。

野猪和孩子对视着。

野猪恨不得吞了孩子。

孩子恨不得将手中的木棒插进野猪龇着牙的嘴。

野猪喘着呼噜呼噜的粗气。

听得见孩子的心咚咚地跳动。

月光照在孩子的脸上，青幽幽的。一粒粒的细汗，从孩子的额头缓缓地沁出。

野猪的身子立了起来。

孩子的木棒举过了头顶。

他们都在积蓄力量。

突然，野猪扭转头，一溜烟，跑了。

孩子长长地吐了一口气。他一屁股瘫在了地上。

孩子的父亲母亲长长地吐了一口气,走了过来。父亲激动地说,儿子,你一个人打跑了一头野猪!父亲的脸上全是得意。

孩子看见父亲母亲从窝棚里走出来,突然扑向母亲的怀抱,号啕大哭。孩子不依不饶,小拳头擂在母亲的胸上,说,你们为什么不帮我打野猪?一点儿也没有先前的勇敢和顽强。

孩子的母亲抱起孩子,重复着孩子父亲的话,说,儿子,你一个人打跑了野猪!母亲的脸上全是赞扬。

孩子继续不依不饶,哭着说,你们为什么不帮我打野猪?

母亲一本正经地说,我们帮了啊!我和你父亲用眼睛在帮你!

孩子似懂非懂。他仔细地看了又看父亲母亲的眼睛,父亲母亲的眼睛和平时一模一样,怎么帮自己的啊?

那孩子就是我。那年我七岁。

杀　羊

李世民

快过年了,大水在心里盘算着,杀一只羊,过个肥年。

大水就悄悄地跟媳妇柳琴商量,咱杀一只羊吧,过大年。

柳琴脸上露出了幸福的红晕,我也这样想呢。

过日子比树叶还稠,小两口的心比那针鼻眼儿还细。还是刚开春的时候,大水和柳琴就琢磨着养一群山羊。那东西一身都是宝贝疙瘩,羊皮金贵,羊肉鲜美,值钱着哩。再说,羊是吃草的主儿,草不值钱,庄稼人的力气也不值钱。

买了羔羊,搭了羊棚,铺了羊圈,剩下的就是喂羊了。

说起来简单,干起来不容易。那些娇贵的羊真的不好侍候，它们老草不吃，露水草不吃，脚踩草不吃。大水和柳琴专门割青嫩的鲜草，对羊们又娇又宠，比自己的娃还疼。那群羊被大水和柳琴娇惯得肥嘟嘟、水灵灵的，像绽开的棉花朵。

大水找来村里的屠户二壮，杀羊。

二壮带了一把尖尖的杀羊刀，嫌不快，在磨刀石上霍霍地来回蹭。

磨好了刀，二壮说，羊怕生人，你们逮吧，自己的羊，熟。

大水说，杀哪一只？

柳琴说，就杀“孙悟空”吧。

大水说，不行不行，“孙悟空”太瘦，还是杀“唐僧”吧，吃了唐僧肉，能长生不老呢。

那只叫“唐僧”的羊生得白白胖胖，俊。

“唐僧”温驯、听话，大水和柳琴不费劲儿就捉住了它。

“唐僧”到了二壮手里的时候，一个劲儿地挣扎，咩咩直叫。

柳琴就别过了脸去。

杀了羊，柳琴眼圈红红的，低着头不说话。

大水说，还心疼“唐僧”？

柳琴说，咱喂的羊，就是自己的手，手心手背，都是心头肉。

大水说，明年咱养一大群“孙悟空”，再喂一大堆“唐僧”，看你心疼哪一个？

柳琴扑哧一声笑了，可当她看到杀好的羊肉时，心里又长出了一片草。她想，羊还不吃独食呢，人更不能吃独食。公公婆婆年岁大了，先要送给他们一条羊腿，让老人尝尝鲜。可她发现，羊肉的前腿和后腿不一样，到底给公公婆婆送前腿还是后腿呢？开始她觉得应该送前腿，前腿宽大，后腿窄小，送大不送小才对；后来她又感到不对劲儿，后腿肉多骨头少，前腿肉少骨头多，要送肉多的。柳琴掂量再三，认为给公公婆婆送一条后腿才合适。然后，柳琴把这个想法给大水说了。

大水说，咱一碗水要端平，送给俺爹妈一条羊后腿，就得送给你爹妈一条羊后腿。

柳琴却皱起了眉头，两条后腿都送走了，咱吃啥？

大水说，外行了外行了，还有两条前腿呢，前腿骨头多是真的，肉香味厚也是实打实的。

就这样，大水满脸灿烂地去送肉，路上遇见熟人，大水就乐颠颠地说，过年了，杀只羊呢。

熟人问，给谁送呀？

大水一副得意扬扬的样子，笑嘻嘻地说，还能给谁？丈母娘呗。

送走了两条羊腿，大水回到家，腚还没把凳子暖热，忽地针扎似的跳起来，哎呀呀，咋就把人家二壮忘了呢？咱卖羊的时候，二壮跑东跑西地给咱操心，拉客户，搞价钱，要不是二壮熟人多、跑得勤，咱这羊说啥也不能卖上好价钱。

柳琴说，是哩是哩。

那你说咋办，大水摊开了手。

咋办？送人家一条羊腿补补情，咱的良心可不能叫狗吃了。柳琴认真地说。

大水像小卒领了大王的令箭，把一条羊前腿给二壮送去了。

大水哼着小曲儿回到家，却发现剩下的那条羊腿不见了，左找右找，哪里也没有。大水恼了，就唤柳琴，只见柳琴从大门外走进来。

大水猴急地问，羊腿呢。

柳琴说，叫我送给王老师了。

大水摇了摇头，拍了拍脑瓜子，说女人头发长见识也长，送得好、送得好。娃的学习成绩好，还不是王老师的功劳？自己喂羊忙，顾不了娃，多亏了王老师。

柳琴看了大水那个熊样，笑了。

大水说，羊肉都送完了，咱吃啥呢？

柳琴说，家里还有羊头、羊肝、羊心肺，炖了，让咱娃解解馋。

大水说，对、对，明年咱们还杀羊，杀两只肥羊。

大水和柳琴都在想，这日子，幸福着呢。

我的民工父亲

李世民

父亲在乡下的时候,时常想念城里,其实,父亲不是想念城里,而是想念城里的儿女。父亲在城里的时候,时常念叨乡下,其实,父亲不是念叨乡下,而是念叨乡下的那帮哥们儿。

这几年,父亲乡下的那帮哥们儿都来城里打工了,乡下,成了父亲的孤独,于是,父亲就卷起铺盖,朝着城里走来。

父亲既不住在城里的儿子家,也不住在城里的女儿家,而是来到城里的建筑工地上,和他的哥们儿住在了一起。白天,父亲和他的哥们儿在工地上干活;晚上,父亲和他的哥们儿在工棚里聊天。如果想念儿女了,父亲的感情投资只需要两元硬币。一元投给公交车,是去;另一元还是投给公交车,是回。

我去工地看望父亲的时候，没敢自驾车，因为父亲既是个小气的人，也是个不留情面的人，我害怕父亲当着他那帮哥们儿的面说我的坏话，所以也和父亲一样为公交事业做了两元钱的贡献。

在工地上的食堂，我看见了父亲和他的哥们儿津津有味吃土豆菜的样子，父亲吃土豆菜的时候，没有我们在高档酒店里吃法的高雅和虚伪，却有从乡村带来的那种亲切和真实。

在工棚里，我看到了父亲休息的板床，父亲的板床，确实简陋些，但我能想象得出，父亲和哥们儿在板床上打牌下棋或者是喝几盅辣酒哼几声乡戏的时候，是多么的惬意。可是，我还看到，父亲的被褥有些单薄，秋风渐凉，工棚又不严实，到了晚上，寒意肯定会趁着夜色袭击父亲，况且，父亲还有关节炎的毛病。

还好，工地附近就有超市，我为父亲买了一条被子，被子是鹅黄色的，暄腾腾暖融融的。我把被子给父亲送去的时候，父亲喜得满脸的桃红，喜滋滋地拿出一包烟散给哥们儿，父亲的哥们儿有滋有味地吸着父亲的香烟，分享着父亲的快乐。

我早就说过，父亲是个小气的人，无论是在乡下还是在城里。秋末，当我再次来到工地的时候，在父亲的板床上，那条新被子整整齐齐地摆放在角落里，父亲根本没舍得用。我对父亲说："天这么凉了，怎么不用呢？"父亲笑笑说："还不冷，等上冻了再用。"

今年的冬天，冷得早些，初冬，就上冻了。我对小气已经成为习惯的父亲很不放心，抽空又赶到了工地。令人欣慰的是，那条被子果然没有被闲置在角落里，可是很快我又发现，那条被子根本没在父亲的床上。我真的生气了，责怪父亲："新被子让你卖掉了？"父亲浅浅地一笑，摇了摇头。

父亲的姿势和表情让我莫名其妙，后来，还是父亲的哥们儿帮我解开了疑云，原来，父亲把新被子送给了"小山东"。"小山东"是山东人，因为个子小、年龄小，大家都叫他"小山东"。"小山东"是个孤儿，家里穷，小小年纪就出来打工，来的时候，仅仅带了一条薄被子，所以，父亲把被子送给了"小山东"。

后来父亲解释说，小孩子皮薄骨嫩，不禁冻。

对于父亲的解释，我既啼笑皆非，又无话可说，只是觉得父亲管得挺宽的，从河南管到了山东。

没办法,冷风中,我又为父亲买了一条被子。临走的时候,我还塞给父亲一部小灵通手机,并教给他使用的方法。我告诉父亲,因为工作忙些,来工地看他的时间可能会少些,有什么事情或者需要啥的,打个电话就行了。此时的父亲,脸上又绽满了桃红,嘻嘻笑着说:“咋想这样周到呢。”我心里暗自得意:谁让你是父亲呢。

过了两天,我就给父亲打电话,可是父亲关机了。隔了一天,再打,还是关机。以后打了多少次,父亲一直都是关机。我知道,父亲关机的原因一定是为了节省电话费,说来说去,还是缘于父亲的“劣根”:小气。

父亲生日那天,我准备把父亲接过来,好吃好喝一顿,我试着拨打父亲的小灵通,居然通了。我忽忽悠悠地说:“老爸啊,你猜今天是个啥日子?你的生日……”我的话还没说完,里面传来一个怯怯的声音:“你打错了,打错了……”我看了看号码,没错呀。

我明白了,一定是父亲错了。

不出所料,是父亲把小灵通送给了“小安徽”。“小安徽”是父亲工地上的一个小伙子,安徽人,挺机灵的,大家都叫他“小安徽”。“小安徽”牵挂乡下的对象,常常到外面的话吧给对象打电话。父亲为了方便“小安徽”打电话,就把小灵通送给了“小安徽”。

看看吧,父亲又从河南管到了安徽。

我忽然觉得,父亲不仅是个小气的人,还是个大方的人。

九月授衣

赵文辉

秋旮旯儿，地里的草锄得差不多了，天也凉快了，就收了锄。男人们一头扎进麻将桌，玩个没完没了。女人们可闲不着，要趁这一段闲时光，拆洗一家人的被子和棉袄棉裤，该缝的缝，该补的补，小孩腿长了，棉裤就加一节，实在不能穿了不能用了，就做一套新的。做活儿时多是几家结合，谁家屋里宽敞就到谁家，地上铺几张凉席，在上面飞针走线润色光阴，提前置下了全家人一冬的暖和。三婶往年也是和别家结合的，今年娶了儿媳妇，就决定和儿媳妇在自家做，反正活儿也不多。儿媳妇叫春花，长得细皮嫩肉，咋看咋不像个庄稼人。娶进门没几天，三婶就听到了一些风言风语，说春花别是青花红涩柿——中看不中吃的。三婶是个要面子的人，就怕这个。

这话春花也听到了,心里有些不好受。她男人却不以为意:“别听他们胡扯,没娶着俊媳妇心里不得劲儿呗。再说,你凭那双巧手在纱厂评过生产能手,啥活儿不会做?”春花听了又喜又忧,虽然她十七岁到纱厂做挡车工,年年得先进,可缝衣缝被这些活儿她还真没做过。正发愁着,偏偏四婶又来凑热闹,非要和三婶家结合。四婶心直口快,她拉过春花的手瞧,瞧完就夸:“这手长得,比仙女手还巧,做针线活儿一定又快又好。今年我一直犯腰疼,这下好了,春花你替婶多做点儿吧!”春花心里着急,嘴上也只好答应下来。四婶是个急性子:“要不明儿个就开始?”春花赶紧推说身上来了,过了这几天吧。三婶在一边看着春花不说话,春花心里却毛毛的。隔两天,四婶又来催。春花从里屋出来,手里握了一团卫生纸,假装去厕所。四婶见了就问:“还没结束?”春花点头。四婶又问:“还得几天?”春花说就两天。四婶说过两天一准儿开始。

眼看着两天过去了,春花心里急得猫抓似的。这当口,娘家哥去镇里修麦耧路过来看她。春花仿佛见到了救星,悄悄对哥说:“你回去让咱兄弟来一趟,对婆家人说咱家的棉衣活儿做不过来,要我回去帮忙。”娘家哥说:“咱家的活儿娘和你嫂子都做完了,再说,你也不会——”春花急得要掉下泪来,狠狠掐一下哥的手,让他无论如何按她说的办。第二天,就在四婶又来催活儿的时候,春花的娘家兄弟来叫春花了。四婶急得不行,三婶在一边说:“叫春花去吧,娘家叫咋能不去?先尽着娘家的活儿做。”四婶没办法,捶捶腰一再关照春花:“我们等你回来再做,要不非把你娘和我累垮不可。”

春花心里偷偷地笑着,去了。

过了七八天,春花从娘家回来了,两家开始做活儿。先拆被子、晒棉絮,再缝。春花右手戴着顶针,一根银针灵巧飞快地在棉被上穿行。春花掩边掩得笔直,针脚走得又匀又密,还不时往破损的棉絮处添点弹好的新棉花。而且气匀神定,鼻尖上不见丁点儿汗星。在一旁半天纫不上针的四婶早已汗流满面,一边骂自己老不中用手伸出来跟猪脚差不多,一边夸春花手快手巧。拆洗完被子,又拆棉袄棉裤,都做完了,春花对三婶说:“娘,我给您做一件夹袄吧。”春花连裁带缝,掖、掩、抻、拉,飞针走线,两天就做好了。四婶见了说,好,好,也让给她做一件,春花答应了。四婶走后,三婶一把拉住春花的手。春花往回缩,三婶拉住不放,只见春花的指头又红又肿,还有好几处被针扎过的疤点。三婶眼里涌着泪说:“春花,娘啥都知道了,你真是个要强的闺女呀!”春花不觉红了脸,心说,咋就没瞒过婆婆呢。

做完了棉衣,稻子也该收割了。割稻可是春花的拿手好戏,在娘家就没服过输,一起割稻的人让她一个一个丢到了后面。四婶早把春花的针线活儿夸了出去,现在村里人又见识了她的割稻功夫,都冲三婶道喜:“您真找了一个好媳妇!”三婶一边捆稻子,一边心里乐开了花儿。

嫂

刘黎莹

小芹从小父母双亡,和唯一的哥哥相依为命。嫂嫁过来后,小芹黄不叽叽的小脸一天比一天水灵。嫂不光会做一手好饭食,针线活儿更绝。哥不穿的衣服,嫂大剪小铰,小芹就有了一身合体的衣服。先前,小芹身上穿的不是前拖一块就是后披一片。佛是金装,人是衣裳,兄妹俩被嫂打扮得头是头脚是脚。

但人无完人,金无足金,心灵手巧的嫂竟没能给哥怀上一个娃儿。这件事成了嫂的一块心病。嫂一天比一天憔悴,年纪轻轻的,头上竟有了白头发。哥是个能干的庄户汉子,干完地里的活儿再来家喂牛。哥养了两头牛。哥说等什么时候嫂生了娃儿,摆满月席时杀一头牛,让全村人都来喝满月酒。另一头牛留着,等小芹考上大学时卖了交学费。哥只看重两件事:谁家的女人生了娃儿;谁家的娃儿有出息,考上了大学。哥说在城里的大学堂里磨上几年,再出来就不是牛娃儿、兔娃儿了。

小芹考上高中那年,哥宰了一头羊。小芹高考时名落孙山,哥一个人在家喝闷酒,把眼珠子都喝红了。哥对小芹说:“再去镇上的中学复习一年吧。”小芹说:“我不去,又要白搭一年的工夫,离录取分数线还差好几十分呢。”哥拍桌子砸板凳,说:“长兄为父,还反了你不成?”哥手上握着赶牛用的鞭子,小芹大声地说:“不去不去不去!”嫂扑上来抱着小芹,啪的一声,鞭梢儿从嫂的脸上划过,嫂为了护小芹,脸上落下了一条鞭痕,过了整整一个夏天,这条鞭痕才从嫂的脸上全部消失。

小芹最终还是去了镇中学的复习班。有一次嫂去给小芹送干粮,回来的路上,需要翻一座不大不小的山,因连下几场暴雨,嫂在一座年久失修的小桥上一脚踩空摔入河里险些淹死。哥把嫂放在牛背上,半天工夫嫂才醒过来。命是保住了,只是左腮上留下了一块月牙形的疤痕。

小芹又一次名落孙山。

一晃就是几年,嫂依然没能怀上娃儿。哥对嫂越来越凶,横挑鼻子竖挑眼。那年的端午节早晨,哥对小芹说:“你嫂早早地起来给你煮好了粽子和鸡蛋,在锅里焐着呢。她说让你起床后往灶膛里续把柴禾热热再吃,吃凉的闹肚子。”

小芹说:“嫂呢?”

哥说:“你嫂回娘家去了。我们办妥了离婚手续。这事怪不得我,她生不出娃儿来有啥法。再说也是你嫂先提出来的。”

小芹愣在院子里,感到院子里好空好大。

小芹出嫁的时候,按说娘家应该陪送两床红绸缎被子,还有红棉袄红棉裤。哥没法给她准备这些,哥把两头牛都卖了,用这些钱给小芹买了好多的家具。小芹心里空落落的。她想要是嫂不走该有多好啊,她就和别人家的女儿一样有红绸缎的被子和红棉袄了。

小芹没想到嫂会来送她。嫂给她带来了红绸缎被子和红棉袄、红棉裤。小芹抱在怀里,细细地看,针脚又匀又密。小芹眼里的泪珠子明晃晃地一颗一颗地落下来。哥蹲在地上抽闷烟。小芹看见哥刚才点烟时,手直打战,一连划了好几根火柴,才把烟点着。

小芹扭头上了停在门外的喜车里。隔着车窗,小芹看见嫂的身子侧着,衣服下摆微微凸出,分明已有了身孕。嫂的背后站着一个男人。开车后,小芹看见嫂和那个男人肩挨肩地向村外走去。

“嫂！我亲亲的嫂!”小芹大声地在心里喊着脸上有月牙疤痕的嫂。

泪水再一次模糊了小芹的视线。

大衣敞开了

范子平

从珍珍那里回来，心里热喷喷的，他压抑着激动，拉开了风门。妈坐在灶火边，膝盖上放着簸箕，在拣麦里的石碴儿。

在椅子上坐下，他把大衣扣一个一个解开，想向妈一下子说清。

妈轻轻咳嗽一声，他不由一愣。妈才五十岁，可吃过多少苦，守寡养自己恁大，容易吗？还是珍珍说的，先把道理讲通，他忙双手插在大衣口袋里，两扇大衣襟紧掩住里边。

“妈，南街人家珍珍，真会打扮自己，闺女小子们，眼热的可不少呢。”心没安静下，声音不大自然，他伸在大衣口袋里的手，隔着几层，拧自己的腿。

“咱山里人，穿着稀罕的不顺劲……”妈小声说，她一直没抬头，手不停地在拣石碴儿。

“稀罕？妈，就咱眼下时穿的戴的，要放俺祖爷那会儿，保不定咋稀罕呢！社会潮流总得往前赶哩。现在跟前些年不一样了，打咱村里分柿树、种木耳，谁手里没有俩钱？穿点儿也该了。”

他停住话，伸在衣袋里的双手活动着，慢慢把大衣领口错开，让脖子上垂下的那红蓝黄三色交错的斜方格领带露出大半截——让妈先问，再向她解释吧。

妈终于觉着些异样，抬了一下头；但竟没有发现那有意暴露的秘密，目光扫过他的脸，便又埋头拣石碴儿。

他却敏锐地发现，妈的脸有点儿红，小时候他淘了气，妈就是这个样子，莫非是妈妈生气了？他下意识地把那敞开的大衣领又紧合上。

妈的手却停在麦粒里不动了，声音也更小了些：“钱吧不算啥，就是……就是穿着扎眼了人说闲话……”

“嚼舌头根让他们嚼去！人正不怕影子歪！”他想起了珍珍的话，气愤愤地反驳道，“穿戴不光是抵冷，还是艺术美！热爱生活的人，就该追求美！那些愚昧人呵！前两年珍珍扎马尾巴辫儿，说长道短的有多少！现在跟着学的又有多少！”

妈挪开簸箕，缓缓站起来，眼里竟泪花闪烁：“你看，在集上，你二姨撺掇我买了这对鞋，穿上怪合适的，就是……要不是你说这些，别说出门上街，连你，我都不想让见……”

他蓦地一惊，这才看到妈脚上蹬着一双半高跟皮鞋，黑色透紫的颜色，瓦光锃亮，鞋底凹着优美的曲线，把人衬得年轻了十岁……

好像被谁掴了一耳光，他神色大变，结结巴巴，话也说不成了：“妈……刚……别……可……可是……还是不穿的好……”

他的双手不知所措地挥动着，大衣完全敞开：那笔挺的浅灰色西装，那三色线条交错的斜方格领带，都无比清晰地展现在妈面前。

向　果

伍中正

向果落榜了。

向果从县招生办赶回村里,村庄在他眼里开始模糊,天就放肆地黑了。低矮的屋前,向果像一棵树样地站在门外,不肯进屋。

星光天,向果娘睡不着,起身开门,看见向果,说,回来了也不进来?

向果进屋说了一句,我要出去打工。

向果娘不依,外面的世界也不好闯,等些日子再做打算。

向果又说了一句,娘就依我一次。

向果娘还是没依。向果像树上落下的一颗果子,就一下扎在床上。

向果留在了村里,他把苦水咽在肚里,一个理由是为了娘,再一个理由是为了叶小开。叶小开像一只飞来飞去的蝴蝶,看不到她的时候,她擦了粉摸了香就在城里做事。看到她的时候,她在村里,也在向果的眼里。

梅花塘是向果家的。整个夏天,向果没去别的地方,就去了梅花塘,塘里盛开了很多美丽的荷花,每一朵荷花就如叶小开光洁的脸。

向果就在梅花塘边走着,轻松地走着。

叶小开歇在塘边,一袭白裙,就像一朵盛开的荷花。

向果娘远远地看着向果跟叶小开,看着他和她经过的下午。

向果在塘边见到了叶小开,见到了飞来飞去的蝴蝶。

向果！叶小开大声地喊。喊声极响亮,很多的荷花张着的耳朵都听见了。向果就停下脚步,从容地停下脚步,一点儿也不慌张。

叶小开的眼里只有向果,站着的向果很耐看。

耐看的向果就让她看。

向果像荷花一样地笑了一下,就走回家了。

直到天黑,叶小开还歇在塘边,叶小开飞走的时候,小声地说了一句,向果我要你。

晨风吹过,门前有的是凉爽。向果娘坐在晨风里一味地提醒向果,你跟叶小开在一起的场面,娘看见了,你跟了叶小开,是你的福气,主意你自己拿。

向果变了脸色,说,我不要跟叶小开在一起,她的心不单纯。

向果娘坚持自己的想法,有些事不像你向果想得那么简单,她不单纯你单纯?

向果让娘给的说法迅速地砸低了头。

村庄热。向果的棉地里更热。向果在宽阔的棉地里摘着棉花,一朵一朵软弱的棉花从向果的棉树上回到他的篓子里。

叶小开来了,她快速地走进了棉地。

向果和叶小开浑身是汗,那一地复杂的棉树遮没了向果跟叶小开的身影。

向果果断地说,叶小开你这么疯,我做了你。

叶小开说,你做,我让你做。

向果压在叶小开身上,叶小开就有点疯了。

叶小开抱着向果，向果就有点疯了，叶小开看看天，天上的一朵白云就像一大团棉花。

向果和叶小开出来的时候，浑身是汗。向果在篓子里抓出几朵棉花，擦了擦叶小开脸上的汗。

叶小开幸福地让他擦着，洁白地擦着，轻轻地擦着……

秋天里，叶小开回味着向果擦汗的动作，她拿出在城里赚回来的钱，给向果买了摩托车。

冬天里，叶小开回味着向果擦汗的动作，她拿出在城里赚回来的钱，给向果买了羊皮大衣。

春天里，叶小开回味着向果擦汗的动作，她脚步轻盈地进了向果低矮的家门。

看着这一切，向果娘脸上的笑容像梅花塘曾经盛开的荷花。

向果娘说，叶小开给你幸福，你要好好爱她。向果低着头不说话。

在村里，向果办了红薯粉厂。

办了厂，向果对娘说，往后睡屋里就少了。

向果娘说，好好地待你的叶小开，睡不睡屋里没事的。

向果再没说啥，不声不响，卷了铺盖。不声不响，他就去了厂里。

向果娘出门，就有人对她说，你家向果真是有福气，读了一肚子书，认得了叶小开，办了厂，发财了。县里领导都来视察了，还上了电视。向果娘一听就高兴。

还有人说，你家向果的厂办在村子里，这村里的红薯，他不能挑剔着要。向果娘一听，说，我得提醒提醒。

向果娘来到向果的厂里，向果正好在车间里出粉。粉出来，冒着热气。向果娘说，娘给你说个事。

向果停了出粉，说，娘，你说。

向果娘话到嘴边，咽回去。

向果说，娘有啥事就说。

向果娘才说，向果，你不能不要村里人的红薯，那可是上等的红薯，个大味好，没得说。

向果说，叶小开的厂子里，不要红薯，她做的是假红薯粉。

向果娘说,都是叶小开的主意?

向果说,还没结婚前,她就想着要做。我说,一定要做,我就不结婚。她又说,只要结婚,她就不做了。

咋又做了?向果娘疑惑。

向果说,她说向家是她扶起来的,不听她的,她就不扶了。

向果娘说,向果,叶小开她会害了你,离婚,咱不稀罕她的摩托车,咱也不稀罕她的羊皮大衣。她迟早会害了你。

向果说,我都成县里的民营企业家了,还能闹离婚?

向果娘跪下说,向果,人不能昧了良心做事,叶小开只会害了你,她要跟你长久在一起,她会害更多的人。

向果双手扶起娘。过了很久,向果说,娘,就是死,我也不做假红薯粉了。

选　择

伍中正

娃进大学还差一分，娃知道差那一分等于差了全分。

娃回了村里，娃在村里走得很慢，娃怕旁人见到自己落榜的面容。

娃曾经是娘卖掉了口粮还卖掉了肉猪供上的学。娃每次拿着娘积攒的学费就奔学校去。娃已经在校够用功的了。

娃回家见了娘，娃明白，就是没考上，也得回去见娘，不能让娘干着急干等，娃是娘的心头肉。

娘看出了娃的心事，娘知道娃的心里痛苦，娃一端碗就放碗的样子，娘看了就不好受，还得佯装笑脸引导娃。

娘就领娃做事，让娃把伤心的事忘掉。

大热天，田地裂开口，缺水得很。娘不想让作物干死，娘还要将来的收成。娘挑水润稻，娃也跟着挑水润稻，娃毕竟是嫩皮嫩肉嫩骨头，娘劝娃歇，娃就歇，就拿毛巾擦汗。

娘开沟放水，娃就开沟放水，娃以前没干过这活儿，累得腰酸腿疼，娘劝娃，娃你干些日子就没事了，就好了。

那个夏天，娘辛苦，娃也跟着辛苦。娘知道这些活儿苦了娃，不苦娃不行，谁让娃想不开哩。

娃渐渐地高兴起来了，饭量也大起来，娃有胆量在村人面前说话了。娃说，没考上，不是羞事，说不定往后还有机会再考。娃也有勇气在村人面前站直了。

又到一年粮食打下来，肉猪出栏了，谷贩子、猪贩子一趟趟往家中来，说是买谷买猪，娘又有了一笔收入。

娘知道，这钱得给娃攒着，娃大了，该结婚娶媳妇儿了。

冬日的雪花，一片一片地飘飞，村庄安静得很。娃在火塘前一页接一页看书，娘在火塘前飞针走线，娃看了一会儿书后，对娘说，娘，有件事不知该说不该说？

娘点了点头，并没有停下手中的活计。

娃说话了。娃说，我要读书，粮食和猪都卖了，够读一期的了。

娘看了看娃，娘觉得娃的胆子真大。娘好一会儿没作声，依然飞针走线，当没听见。

娃感觉先前的话刺疼了娘的心，娘的钱应该用在娶媳妇儿上了。娃说过一句，再没二句了。

娘心里清楚，娃再读书，就没有娶媳妇儿的钱了。

娘轻轻问了一声，是娶媳妇儿用还是读书用？

娃低了头，娃再没有勇气说读书了，目光再没有朝书本上使，娃心里有了一层厚厚的忧伤。

娃只是觉得自己的想法伤害了娘，娘已经给了自己念书的机会，只怪自己。

娃说话了，不读书了，那钱用来娶媳妇儿。

那以后，娃真的没读书了。娃几乎把所有的精力都用在挣钱上。娃用挣来的钱娶了媳妇儿。

娃得了崽，那时，娃的娘已不在世上了。

娃不能苦了崽。娃就是天天穿破衣，也要让崽读书；娃就是天天不见荤，也要让崽读书。

后来，崽成了村里的中专生。

娃送崽进学校，临别，娃只说了一句，当初你爹就没这个机会。

崽望望爹，愣了好一阵儿，爹那话到底是啥意思？

赵雪娥

伍中正

这是一个沾着露水和香味的早晨。赵家庄很多人踩着露水就从赵雪娥的门前闹闹嚷嚷地往东去了。

走过赵雪娥门前的人都喊了她:赵雪娥,快走哇。

赵雪娥看清了,那些过去的人,手里都拿了东西,要么是锄头,要么是铁锹。

响壳走过去了,边走边说,这回,不给钱,不让他开工,推土机来了也不让他推。响壳的声音,赵雪娥听得出来。

鸭肩走过去了,接上响壳的话,这回,占了老子的地,鸭肩我要让他的脑壳开花。鸭肩的声音,赵雪娥听得出来。

赵雪娥,还愣着干啥?快走哇!他村主任前年拉了你的猪,这回是你要理的时候了。窗子嫂头发没有挽紧,手里捏了一根木棒,见了赵雪娥就说。

赵雪娥说,我有点儿怕。

窗子嫂甩甩头发说,怕啥?他村主任上回那么对待你,还给他屁的面子!这回村主任要占了我家的地,我非要脱了他的裤子,废了他。你不走,我走了。

赵雪娥说,窗子嫂,你别去,会出大事的。

窗子嫂丢了一句话,老子就是要让他出大事儿。

窗子嫂急急地走了。

赵雪娥知道,要骂要打的那个人是村主任介绍来的老板。

赵雪娥还知道,老板跟村里签了合同。村里起初不签的,后来,老板拉村主任吃了一回饭,合同就签了,一大块地,让老板经营二十年。合同签了后,都说村主任是空脑壳,再怎么穷也不能把那块地给那老板经营。

去还是不去?赵雪娥为难了。

前年,自己家的税费没有缴齐,村主任还带来了几个人,人高马大的,呼呼啦啦一来,又捆又绑,拉走了自己不到一百斤的猪,去也在理。

眼下,村里的人跟老板干起来,事儿就火了,就不小了。

赵雪娥就一脚出了门。

早晨的地里围了好多人。老板喊来的推土机慢慢地开进了地。推土机的烟筒里冒出蓝蓝的烟,太阳照在推土机上,推土机就有了一种耀眼的红。

人就像鸟一样地往地里歇,歇成一大群了。那片地里从没有歇过这么多的鸟。那些鸟只差往推土机上歇了。赵雪娥看见那些鸟,就往里使劲儿地钻。

窗子嫂披着头发,胸前横一根木棒往推土机前一站,推土机的烟筒就不再冒烟了。

好多人围着精神的老板,说什么也不让老板动工。老板说,我跟你们的村主任签了合同的,边说边从怀里拿出合同,还在手上扬了扬。之后,那合同像一片白色的羽毛握在老板的手上。

站在老板面前的响壳黑着脸说,签了不算,你那是跟村主任单独签的,不生效。

老板在人群里看了看,赵主任呢?老板就喊:赵祥发!赵主任!躲哪去了?

鸭肩扬了扬手里的锄头说,他赵祥发还敢来?

老板的脸上渐渐地沁出了汗,那些汗让很多的眼睛看见过。那汗就像搁在禾苗上的露水。

鸭肩的锄头像果实一样地落了下来。

不能打他!赵雪娥钻进人群,一把抱住了老板。

赵雪娥的肩上挨了鸭肩一锄。

人群一下子安静了很多。

怎么能打赵雪娥呢?

怎么打到了赵雪娥呢?

聚拢来的人知道出了事,一个个慢慢走开。那些鸟又四处觅食一样地走开了。

只有老板扶着赵雪娥,他脸上的汗珠雨点一样的节奏滴在赵雪娥的胸前。老板对赵雪娥说,你没必要挨这一锄,他们是冲我来的,不论你落下怎样的伤痕,都留在我的厂里。

赵雪娥说,老板你别这么说,赵雪娥只求老板能留下来。

赵祥发一把扶着赵雪娥,说,赵雪娥你是替村主任挨了这一锄。

赵雪娥摇了摇头。

赵雪娥说,村主任,咱们村穷怕了,挨上这一锄,我赵雪娥跟您一样是想留住来村里投资的老板。

赵祥发让赵雪娥说低了头。

老板也让赵雪娥说动了心。没一会儿推土机就冒出了蓝蓝的烟。

这是1995年初夏发生在赵家庄的真实的事件。当年,老板留了下来,征地工作很顺利。乡派出所知道了这件事,来了四个干警要抓鸭肩。赵雪娥拦住干警笑笑说,没那个必要。

派出所的干警就走了。

十年了,报纸和电视没有宣传赵雪娥的任何事迹。

赵雪娥是谁呢?

赵雪娥不是别人,是我的嫂子。

蓝鞋垫

高　军

秋风起了，天气逐渐凉下去。桂英大娘戴着老花镜，眼巴巴地在家里缝制鞋垫。她右手中指上的顶针一下一下地用着力，不一会儿，手中蓝色的鞋垫上就出现了白线缝成的美丽图案。

仔细端详一下，竟是一个个“正”字，靠得紧紧的，针脚很密实。这鞋垫，桂英大娘是给她儿子缝的。

“你这个昏种啊，你怎么就这么昏呢?”桂英大娘小声地嘟囔着，眼泪哗哗地流下来。

儿子是独生子，他爹死得早，桂英大娘省吃俭用的，拉扯着他长大、上学，后来在城里当上了局长。

儿子进城安家后，一直让她搬到城里住。她总是去住几天，就感到住不惯了，又回到乡下。

不过，每次进城，她总是给儿子一家人都带几双自己缝制的鞋垫。鞋垫千篇一律,都是蓝底子白线针脚,一个个芝麻大小的白线针脚又组成一个个洁白的“正”字,非常精致。

“娘,这么大年纪了,别再做了。咱现在还缺什么?什么也不缺!”儿子神气地说着,走进里屋,拿出一大摞鞋垫,伸到娘的眼前,“有的是啊,这些我都用不了,你再弄这个做什么!上几次你拿来那些,都还没穿完!以后别做了。”

桂英大娘就看到了儿子手里那花花绿绿的鞋垫,很耀眼。

儿子两手翻弄了一阵儿,接着说:“你看,这是真丝的,这是亚麻的,这是纯棉的,布料很好,透气舒适,图案也全是刺绣的,特别讲究,虽说不是手工的,但也是很有档次的。”

桂英大娘的心里一揪一揪的,身子就有点儿发虚。

儿子并没看出娘的心情,扔下手中那些精美的鞋垫,走到储藏室门口,推开门:“你再看看,吃的,穿的,用的,咱缺什么?别自己在乡下了,让人不放心。来吧,难为不着你啊,娘。”

过去,儿子不是这样,桂英大娘每给他缝成一双鞋垫,他总是高兴地接过去,宝贝似的。

有时,儿子感到好奇:“娘,怎么都一样啊?人家的鞋垫……”

娘就笑笑,打断他:“人家的花花绿绿,人家的有字有画,是吧?”

他不好意思地笑了:“娘手很巧的,怎么就会这一种?”

桂英大娘脸红了。听着儿子的恭维,心里甜丝丝的,但又有些不好意思。不过,接着就平静了神情:“娘是乡下人,笨手笨脚的,只会做这种样式的。怎么?人大心大了,嫌娘做的不好了?”

他就赶紧声明道:“哪里的事儿?娘做的是纯棉的,又是手工的,珍贵着呢。”

桂英大娘的心里就乐得开成了一朵花:“咱不眼馋那些花花绿绿的东西,娘只盼着你能正正派派、平平安安的,就心满意足了。”

可是,自从儿子当上局长,桂英大娘就发现儿子有了一些变化。现在,又看到儿子这种不自觉的张狂劲儿,她的脸色就变了,蜡黄蜡黄的。

她稳了稳神,冷冷地说:“俺不来!你坐下,脱下鞋来。”

儿子看到娘的样子,有点害怕了:“咋,娘?”

她不看儿子:“坐下,脱鞋。”

儿子的眼光一直跟着母亲,身子慢慢地坐下去。

桂英大娘拿起儿子的皮鞋,看看里面,然后伸进一只手去,掏出了里面的鞋垫。那鞋垫上有一对小鸟,周围还有一些花花绿绿的装饰。她把这鞋垫伸到儿子眼前,然后又用它指着儿子已放下的那摞鞋垫:“这都是哪来的?”

儿子苦笑:“别人送的。”

“不许要,不许穿!”桂英大娘把它扔到了垃圾桶里,慢慢地把自己缝制的蓝底白字的鞋垫拿过来,给儿子垫到鞋里,“垫娘缝的鞋垫,正正派派地做人,别走歪路啊。”

儿子想,娘年纪大了,脾气变得古怪一些,不能和她一般见识,就连连点头:“嗯嗯。”

从此以后,桂英大娘隔一段时间就来儿子家一趟,仍拿来一双双鞋垫,逼着儿子脱鞋,只要一看儿子的鞋里垫的不是自己缝制的,就给抽出来,扔掉。

每当这种时候,儿子只有苦笑的份儿。

昨天,桂英大娘知道了,儿子已不当局长了,进去了。乍一听,她眼前一阵发黑,差一点儿倒在地上。然后,就一边流着泪,一边小声地嘟囔着儿子:“你这个昏种啊,你怎么就这么昏呢?”

又熬了一个大半夜,桂英大娘终于做好了两双蓝鞋垫。第二天一大早,她就顶着凉凉的秋风上路了。她要到城里去,给儿子送鞋垫。风中,她的身影一飘一飘的,好似很薄很薄……

低　头

高　军

“你这孩子怎么啦？抬起头来！”父亲脾气暴躁，动辄就起高腔。

小芹努力往上抬头，可脖子就是软软的，好像颈椎骨被抽掉了，最终脸面还是与地面平行着。她抬起右手，摸了摸后脖颈，骨节分明，骨头还在啊。父亲气哼哼地走了，小芹的眼睛湿漉漉的，眼下黄白色的地面模糊起来。

最近一段时间，小芹只要见了人，头就会低下，怎么也抬不起来。眼看就要去上大学了，她自己也急得不得了。

通知来了不久，家中来了一大群人，在乡村干部的陪同下，呼啦啦拥进了小院，扛摄像机的就有三个人，有一个当官模样的人在众人的围拥下，伸出手来和小芹的父亲使劲握着，身子斜斜的，眼睛转到摄像机的方向，扛摄像机的人马上往前一步，三个黑洞洞的机器发出冷冷的亮光，冷得在一边的小芹突然打了一个寒战，哆嗦起来。当时一家人正又喜又愁的，小芹考上了大学，可费用却还没有筹措够数。突然来了这么多人，一家人不明白是怎么回事。一会儿那当官的松开手，后退了几步。身边人员拿出一个大红纸包，快速递到他的手中。他慢慢地看了一眼，把红包翻转过来，让带着黑色字迹的一面对着众人。摄像的三个人小跑着变换着方向，摆着姿势。那人两手捏着红包的两边，走到小芹父亲面前，对着愣愣的小芹父亲，又开始说话了，大意是说孩子考上了大学值得祝贺，上级知道你们家困难，在开展的助学活动中把你们列入了，今天来看望一下，同时捎过来两千元钱，以后有什么困难，多反映，我们会尽量帮着解决的，然后举起红包对着众人转了一圈，才交到小芹父亲手里。

小芹的父亲愣愣的，说不出话来，机械地拿着红包："这……这……"

有人小声过来教着："还不赶快感谢领导！"

小芹父亲才反应过来的样子，脸憋得通红："感谢领导。"

三个话筒同时伸了过来，他吓得猛一哆嗦，红包掉在了地上。很多人的脸上露出了强忍不住的笑意，话筒被失望地抽了回去。

地上的红包显得更加刺眼了，小芹的父亲佝偻着腰，低下身子去捡拾。人们漠然地站着，眼光里面充满了怜悯。小芹尽管离这些交织的目光较远，但她还是感到了这些目光像冷嗖嗖的刀子一样切割着她的心脏。

"大学生在哪里？我们采访一下大学生吧！让她谈谈今后怎么学习、怎么报效祖国就行了！"一个记者想出了这么个办法，另外两人点头表示同意。

在他们急速的搜寻中，人们的眼光都向小芹转了过来。小芹的脸腾地红了，身上出了一层汗。她猛然低下头去，快步向远处跑去，最后消失在了人们的视野里。

来人都有些失望，领导模样的人大度地摆摆手，人们安静下来，他向小芹父亲告别一声，人们就呼啦啦走出了大门。小芹父亲看到他们的十几辆大小不等的汽车一溜烟离去了，才长出了一口气。

小芹在远处目睹汽车离开，并看着村里的人围着父亲又说了半天话后陆陆续续散尽了,才悄悄地往家中走来。

路上偶尔碰到的人,都会看着她,眼光意味深长的。她感到那目光好像锋利的箭簇子似的,直往她的脸上射来。她的头慢慢低下去,与站立的身体在胸前构成了一个九十度的角。她走过去,背后就会响起嘁嘁喳喳的议论声,就像前不久才收割的小麦的麦芒随即对准了她的脊背。她保持着一个姿势快速往家中走去,对迎面来的人、车等均视而不见,不管不顾。

从这天后,只要在人前她就怎么也抬不起头来了。她很着急,总是使劲往上抬,可一点儿也不管用,脖子一动也不能动,再用力,先是胸膛挺了起来,接着腰直了起来,最后脚后跟也离开了地面,可是她的头还是没有抬起一点点来。

她的这个状况没敢和别人说,她想慢慢会好的,所以一有空闲就尽量去活动脖子,但是没有效果。后来父亲发现了,生气地让她抬起头来。几次后,父亲的暴躁脾气就爆发了,一见面就是这句话:“你这孩子怎么啦?抬起头来!”

后来,她就这个样子上了大学,仍然是见了人头就低下了,直到跟前没人了的时候才能抬起来。好在她学习很刻苦,成绩一直名列前茅,奖学金在全校是最高的,所以也就没有人对她的毛病指手画脚、说三道四了。后来,老师、同学也就见怪不怪了。

在学习的空隙里,她尽量多抽时间去做钟点工挣点钱;假期也不回家,或做家教,或当保姆,也曾到建筑工地上干体力活。

一年后的暑假,她回到了村里,拿出一沓钱,神情严肃地告诉父亲:“咱把那两千元还给人家去。”

父亲愣怔一会儿,点点头。父女俩找到村干部,最后找到乡里、县里,费了很多口舌,受了很多白眼,才终于把这件事办妥了。

往回走的路上,父亲发现走在自己前头的小芹头抬起来了,他惊喜地看着女儿挺起来的后脖颈,眼睛有些潮湿。进村时,碰到了更多的人,他发现女儿身子也往上耸着,脖子挺得更直了。

其实父亲不知道,发现自己抬起头来了,走在前面的小芹早已泪流满面了。

怎么会是第二次

高　军

半个月不去看望母亲了,这个周末我推掉了一切应酬,提着大包小包往母亲那里赶去。

母亲住在乡下,父亲去世后,我一直想让母亲进城和我一起住,可她怎么也不同意:“说得容易,我喂的鸡谁管?门谁给看?”

我笑着说:“把鸡处理了不就行了?家里也不是有什么值钱的,还值得看?”

“咻——咻——咻——”母亲这么一唤,十几只鸡就撅着屁股头往前一闯一闯地跑到跟前,抬起头,珍珠一样的眼睛看着母亲,母亲顺手撒下一把小麦,鸡们低下头啄食去了,母亲盯了我一眼:“我们过了一辈子的家当全在这里,不看门能行?”

再劝多了,她就生气了:“我哪里也不去,你也别觉着难为,有空你就回来看看,没空你就忙,不用管我。"

这样也好,我可以每周都到乡下来舒缓一下疲惫的身心,到墓地祭奠一下父亲,和母亲拉拉呱儿,说说话。

早晨又耽搁了一下,到村口时已经上午十点多了,太阳已经变得好似一块烧透的圆形钢块紧紧地粘在天幕上,白中透红,散发着灼人的热气。眼前的空中有些火星儿在迸发着,迎面一股股热气扑过来,把人扑得有些趔趄,三伏天真够热的。

不远处的路口,有一个身影站立着,好像母亲似的,有时还控制不住地晃悠一下,她站在这里干什么?我快步走上前去,果真是母亲,脸被晒得红红的,汗水直往下淌,上衣很多处都被汗水浸透了。

"妈,天热得这样,你怎么在这里?"我又是心疼,又是着急,"快回家,快回家。"

母亲不好意思地笑了一下:"我逛逛啊,还光在家里,吃了睡,睡了吃!"

"这么毒的日头,你逛什么逛啊!"一边往家走,我一边埋怨她说。

她一直笑眯眯的,任我怎么说,也不再还嘴。

"喌——喌——喌——"到家后,母亲又把那十几只鸡唤到跟前来,这次撒给它们的是半瓢头子金黄的玉米粒。好似鸡们围绕着她,才是她最大的幸福似的。这时候,她的脸上是一种满足的神情,焕发的容光让我再也不忍心劝她离开乡下老家了。

"这是黑芝麻糊,名牌的,你每天可以吃点,老年人吃点黑芝麻有好处。"我从包里往外拿着东西,对母亲嘱咐着。

母亲没有反应,我抬头一看,她走神了,眼睛里一片空蒙,看着远处。我顺着她的眼光望去,低矮的院墙外的那个方向是我们高家的墓地。我的心里凛然一紧,母亲又想起父亲来了,我也安静了下来。

已经临近中午,树荫很浓,罩住了一大片天井,树叶深处有蝉在此起彼伏地高叫着,偶尔有几只小鸟飞起又落下,四周无人走动,显得更加安静了。

过了半天,母亲回过头来,嘴角向外一咧,不好意思地笑了一下:"你说什么?"

“我说啊，”我又开始从包里往外拿我买回来的东西，“这是北京产的绿豆糕，夏天吃，对身体有好处，清热解暑……”

母亲这次反应过来了，赶紧说：“你看你，又买这些东西，你不是上一星期才给我买了那么多嘛。”

我继续往外拿着所购买的物品：“妈，你别不舍得吃啊，你不跟我去，我就常给你往这里送，也很方便的。”

“你看你，这几种点心，上个星期天你回来不是都买了吗？怎么又买？我一个老太太，你当我能吃动多少东西！”母亲指着我包里的食品，责备我。

我突然感到有些不对劲儿：“你说什么，妈？”

母亲宽容地笑笑，摇摇头：“我说啊，你上个星期天回来，不是都买过了吗？”

我回过神来了，母亲已经是第三次说我上个星期天回来买过这些东西了，我的心紧紧地一收缩，有些疑惑了。

“我上个星期天有事，没抽出时间回来看你啊。”我有些内疚。

母亲也愣住了，随即笑了，头来回摇动了几次，说：“老了老了，你看我，就是呢，刚才这个事，我就觉着发生过一次了。”

“真的啊？”我不太相信，但刚才这三次她可是说得一板一眼的，就像真事儿似的。

母亲看我担心的样子，笑着摆摆手：“没事，没事。”

母亲越说没事，我就越是担心，于是硬逼着她随我回到城里，到医院进行了一次彻底的检查，结果倒是让人高兴，母亲真的什么事儿也没有，此后，她又回到乡下去了。

从此以后，不论多么忙碌，每个星期天我都要回到乡下去看望母亲。一听到她说：“你看你，这个事儿你上个星期天回来不是已经做了吗？”心里才感到踏实了。

真正的孝

魏永贵

周末晚上，儿子回家的时候把一件彩色丝绵衬衣递给了娘。儿子说，娘，孝敬您的，喜不喜欢？儿子脸红扑扑的，看样子喝了不少的酒。娘抚摸着没有拆封的衬衣，笑了：呵呵，俺儿有孝心，娘开始享福了啊。

儿子大学毕业，成功应聘到市容监管处工作。今天，是参加工作第一周的周末。在这个单亲家庭，含辛茹苦几十年的娘终于等到了这一天。

娘一翻标签，突然抬起了头：单价 480 元？给娘买这么贵的衣服，你以为你是大款啊？儿子笑嘻嘻地看着娘：娘，这上面标的价格都有水分，再说，也不是——

娘正要撕包装袋，听出了什么，急忙停住了手：不是什么？

喝了酒的儿子脸更红了，结结巴巴说，娘，您穿就是了，别管那么多，只当是儿子孝敬您的一份心意。

娘扳着儿子的肩，眼睛直直地盯着他。

儿子就是在娘这样的眼光中长大的。

娘的眼光像刀子一样敏锐，容不得儿子撒一丝的谎。还是上小学一年级的时候，隔壁一个孩子告状，说儿子偷了玩具汽车。其实，那是他在楼道里捡的。在娘刀子一样的目光下，他含着眼泪，乖乖拿出了藏在衣服里的玩具。最后，他那双柔软的小手，挨了娘重重的一巴掌。他哭着说，娘，不是我偷的，是我捡的。娘一边给儿子抹眼泪一边说，捡的也不行，不是你的东西，凭什么揣在身上！这跟偷有什么两样！

挨了打的儿子冲着娘昂起了头：你不是我娘，我要找我爹去！

娘吼道，你爹不在！娘又说，你爹如果在，会比娘打得更狠！

儿子继续狡辩：我爹才不会。你说我爹在哪里，我找他去，看他打我不！

这样的时候，娘会抱着他，柔声说，娘就是你爹，娘跟爹一样疼你……

此刻，再一次面对娘的眼神，儿子有些慌乱了。

娘揣摩出了儿子的心事，盯着儿子的眼睛：跟娘说，这件衣服是不是没花钱？是不是晚上谁请客送的？

儿子不敢看娘，低低嗯了一声。

娘顺手把衣服扔给儿子，一屁股坐在沙发上，叹了一声。

儿子想安慰一下娘，走过去，坐在娘身边：娘，我刚才说了，这件衣服上的标价是有水分的，没准儿是件冒牌货，不值钱。再说，又不是单独给我的，今天晚上，街西头开洗车铺的董总请客，一起吃饭的同事，每人都有一件，我特意挑了一件女式的给您。

娘又叹了一声：唉，你个不懂事的孩子，这跟钱多少有关系吗？你以为给娘挑了一件衣服是尽孝心，可娘穿在身上，能走出去吗？别人问娘这件衣服，娘有脸跟人说是俺儿子买的吗？还有，那个开洗车铺的董总，他洗车把那条马路弄成了烂泥坑，你们吃了拿了人家的就睁只眼闭只眼，不是等着老百姓骂吗？唉！

儿子一时不知道说什么了。娘坐了一会儿，把那件衬衣收拾好，说，睡吧。

第二天吃罢早饭，娘问，今天休不？儿子说，休。娘说，好，走。看着娘拎着那件衬衣，他有些莫名其妙，想问，却又不敢，只好乖乖地跟着。

很快，娘带他来到了街头那个洗车铺。一些污水流到脚边，他皱皱眉头。娘把衬衣塞到他手里，一努嘴。他一时没明白。娘说，怎么，你要娘给他们送去啊？儿子红着脸说，娘，这样太难为情了吧。娘再一次把刀子一样的眼光投向了他：你应该难为情的是接受了别人的吃请又收了别人的礼物。去不去？你不去娘去！

娘一把夺了那件衬衣就要去。儿子只好从娘手里拿过衬衣，硬着头皮走进了洗车行。几分钟后，他走了出来，满头是汗，手里是空的，皮鞋上沾着污渍。

娘疼爱地看着他，突然拽着他的手说：走，我带你去一个地方。他又一次莫名其妙。娘拽他的手很有力。很快，他被娘带到了街后小土山上，一个四周长着杂草的无名墓碑前。

娘突然说：跪下！他惊恐地看着娘。

娘再一次说：跪下。娘的声音很低，却很重。

他不很情愿地跪下了。杂草淹没了他的膝盖。

你不是一直要找你的爹吗？他就在这里。

娘的声音很轻很轻。

他回头看看娘，又看看眼前这个无名墓碑。

娘说，你爹在这里已经躺了二十四年了……

娘，这是怎么回事？儿子的声音带着哭腔。

娘说：儿子，你还在娘肚子里的时候，你当会计的爹为了给你奶奶筹集救命的药费，偷偷从公家的账目里拿了三千块钱。后来单位查账审计，你爹遮掩不了，自杀了……你奶奶一气之下，旧病复发去世了……儿子，你爹也是为了尽孝啊。可这样的孝，换来了这样的结果！

墓碑前，只有娘和儿子的啜泣声。许久，娘拉起了儿子。

娘用慈祥的眼神看着他说：儿子，不要怪娘瞒了这么久，娘其实一直想找个机会把这一切告诉你。娘知道你是个有孝心的好孩子，但你要懂得，真正的孝，是踏踏实实做人做事，让娘能笑得开心、睡得安稳啊……

墓草青青。山冈寂静。

一只西瓜

魏永贵

回老家乡下看父母，路过县城我买了一只西瓜。那种有翠绿花纹的西瓜。

母亲把西瓜切成了有棱有角的小块，她把中间瓜肉最鲜的两块硬递给了我和妻子。我要给父亲。母亲说，他牙痛，太甜的吃不了。我啃着又甜又沙的西瓜瓤，却看见母亲手里端着西瓜的边边角角，似乎还不舍得下口。

吃饭的时候母亲从灶屋出来把最后一个菜端上桌，放在了自己面前。

那是一盘青白相间的清炒。

妻子吃不惯老家辛辣油腻的东西，看见素菜，急忙伸出筷子。筷子刚到盘子上，筷子尖已经碰着了菜，另一双筷子却把妻子的筷子拨开了。

是母亲的筷子。轻轻一拨，一边笑眯眯地瞅着妻子。

妻子很是疑惑，收回了筷子。毫无疑问，母亲不让她吃这个菜。

我忍不住问，这是什么菜？一边的妹妹笑了，母亲使着眼色似乎不要妹妹透露秘密。我偷偷夹了一筷子，放在嘴里，轻轻地嚼。类似黄瓜、瓠子之类的东西，有一丝淡淡的甜味。妹妹笑着说，尝出来了没有？这是西瓜。

西瓜？西瓜也能当菜炒？我傻傻地问。妹妹说，是吃了瓜肉去了瓜皮的瓜白。

呵呵，原来是母亲变废为宝啊。我和妻子都悄悄笑了。

母亲说，这个菜清淡，正合她的胃口。母亲几年前胆囊切除，吃不了油腻的东西。

我又夹了一筷子，一边对母亲说，好吃。

我边吃边笑着说，这瓜瓤瓜白都派上了用场，就剩下瓜皮了。妹妹看着母亲，说，哪里剩呀，她才不舍得扔，瓜皮剁碎了拌着米糠喂猪了。

母亲就在桌子的一角微微地笑。

几天后我和妻子离开老家踏上了回程。在村头的公路上，临上车了，母亲往我的行李箱里塞了一包用报纸包着的东西。我来不及打开，车就开了。

后来，直到坐上了哐当哐当的火车，我才想起这包东西。

我取出了它，慢慢打开。

一堆瓜子。黑黑的瓜子上有零星的盐霜浮着，像一层薄薄的雪。

西瓜子。那是母亲淘洗干净又烘干后精心炒的。

以前在家的时候母亲也是这样烘炒南瓜子的。

我这才想起，那天吃西瓜的时候，母亲弯着有些驼的脊背，从地上一粒一粒捡起瓜子的情景。那时我还很疑惑，母亲为什么不直接用笤帚把这些散落的瓜子扫走。

我嚼了一颗，淡淡的香，淡淡的咸。

妻子也一颗一颗地嚼。我看见她的眼眶，有小小的泪花在闪。

何先生

刘立勤

何先生是倒流河私塾的先生，教古文也教西学，他的私塾远近闻名，不说是镇安城，就连五百里之外的商州也有人把孩子送到他的门下。何先生虽然博古通今，可思想却极其守旧，别的不说，单就学生入学他必让学生行三拜九叩大礼。凡不行跪拜之大礼者，概不录取。

而将军是个例外。

将军是十岁那年被他父亲用藤条捆了送到何先生门下的。何先生那时只四十多岁，四十多岁的何先生端坐在私塾堂前，给将军上了第一课：行三拜九叩之礼。十岁的将军倔强地站在先生面前，任凭他父亲磨烂嘴皮，打烂他的皮肉，威武不屈决不跪下。何先生从未见过如此桀骜不驯的学生，就紧紧地盯着那双聪慧不屈的眼睛，而它也充满敌意地久久地和先生对视着。何先生

终于被那双眼睛盯得疼了怕了,也盯出了几分欣慰几分欢喜,何先生才开口问了一句话:

“你为何不肯下跪?”

“大丈夫岂可屈膝!”

稚嫩的声音砸在先生的心头,生出一种异样的感觉,何先生就留下了年幼的将军。何先生未曾见过如此倔强的孩子,虽然他也极喜欢男孩子不屈的个性,但何先生还是发誓要他跪下拜谢恩师。何先生想,自己教过的学生没有不给自己跪拜行礼的,留下他就要让他跪得心悦诚服,只有这样才能显示出自己的能力和威严。

遗憾的是何先生的希望是一厢情愿。少时的将军虽然倔强,却也很聪明,他的学习始终是第一,而且还会提出许多稀奇古怪的问题,使先生的满腹经纶得以展示,何先生十分喜爱他。在学习上也就没有让他下跪的理由,幸好少时的将军刁钻顽皮不说,还有一腔侠肝义胆,常常会招来许多的麻烦,先生也有了处罚他下跪的理由和机会。虽然先生一再调教,任凭先生苦口婆心或是打烂他的手心,他决不屈膝,望着他直直的腰板、绷直的腿,何先生不服,心中生出难得的一份欣喜。虽则如此,何先生仍然不肯放弃任何一个让他下跪的机会。他想,唯有这样,倔强的男孩给他下跪了,才说明自己是一个称职的教师;只有他跪下了,才说明自己的教育是成功的。

自此,何先生在精心辅导他的同时,也不放过任何一个可能让他跪下的机会。机会真的很多,而他始终没有跪下,直到他五年后打瞎了横行乡里的镇长公子的眼睛,被迫离开私塾,他也没有跪下。何先生看着即将离开学校的他,几近哀求地说:

“你还欠我一个礼呢!不行礼是不能算作我的学生的。”他看了看先生,泪水唰地流了出来,可他终于没有跪下,挺着腰板转身离去。何先生见了,眼窝一热,从学生册上除掉了他的名字。

名册上虽然删除了他的名字,心底却牵挂他的事情。知道他离开自己又考入西安的学校上了几年中学,后来到广州考上黄埔军校,经过多年的枪林弹雨,昔日的学生如今已成了少将师长,何先生仍然不承认他是自己的学生。无论是将军亲自投递的帖子，抑或托人捎来的礼品，他概不受理。何先生内心常常以将军为荣，嘴里却仍不把将军当作自己的学生。他说：将军还欠他一个三拜九叩之大礼。

在将军离开私塾二十五年后的春天，将军又回到了倒流河镇，将军对外界说是向何先生还那个欠了二十五年的大礼的。何先生听了虽然深感疑惑，甚至还有一点恐惧，但他仍然按照老规矩焚香沐浴之后端坐在学校大堂之中，将军走进校门他没有起步迎接，将军走进大堂，他未曾欠欠身子，将军恭恭敬敬喊了一声“先生”，他也没有笑一声。将军知道，何先生是等待他还那个欠了二十五年的三拜九叩之大礼。

将军恭敬地站在何先生面前紧紧地盯着何先生，何先生一脸的威严和庄重，静静地盯着将军。

将军说：“先生，我今天本来是给您还礼的，可是我真的跪不下了，我只能给您鞠一个躬。”将军说罢，给先生深深地鞠了一躬，而何先生仍然一丝不动。

将军又说：“先生，我明天就要北上抗日，我担心我今天跪下，明天我就会站不起来。如若学生有生还之日，我一定会还上欠给先生的大礼。”

将军说罢，挺着腰板转身离去了。将军离去的时候，人们看见将军如铁的脸上流下了滚烫的泪水。

将军这一去就再也没有回来，在与鬼子的一场激战后，弹尽粮绝的将军被叛徒出卖而被俘。鬼子捉住将军后要将军给他们跪下就放一条生路，将军不跪，鬼子用木棒抽打将军的腿，将军腿断而不折，直立而亡。

将军战死的消息传到倒流河镇后，何先生失声痛哭泪雨滂沱。何先生在倒流河小学设灵堂悼念将军，何先生亲率全校学生行三拜九叩之大礼，何先生献给将军的花圈上亲笔写着：痛悼李忠烈将军，学生何思源叩首。何先生从此不许学生再行三拜九叩之大礼。

爷爷生命中的那一刻

刘立勤

那一年夏天，爷爷大学毕业后从京城回到老家。爷爷回家取钱是准备和同学出国留洋学医的，爷爷有着一腔报国的激情。爷爷的爷爷是一代名医，爷爷的爷爷有这个能力让爷爷去留洋十年八年，他甚至希望他的孙子在海外成家立业。国内太乱了，不是军阀，就是土匪，小鬼子也闹得天翻地覆，爷爷的爷爷不知死了多少回了，他真的不想让爷爷留在国内，万一有个三长两短，三代单传的香火就灭了。因此，爷爷提出要留洋后，爷爷的爷爷就典当了两家药铺，给爷爷筹足了路费。当爷爷拎着这笔钱准备出发时，爷爷的爷爷想，也许自己今生今世都见不着自己的孙子了，爷爷的爷爷想留爷爷在家多待几天，可又怕鬼子来了。爷爷的爷爷说，你只在家里多待一天吧。爷爷说，多待一两天无所谓。爷爷的爷爷说,只多待一天让爷爷看个够,也许……爷爷听了,就说,那就待一天吧。

爷爷就在家里多待了一天。

第二天一早,爷爷拎着皮箱正准备离去时,却已经离不开了。日本鬼子进村了,爷爷就和刘家屯的人一起被集中在屯中间刘家祠堂里。老老少少一千多口人都集中在这里。早先空旷的祠堂立刻显得十分窄小,而祠堂的门外十分宽阔。能到祠堂的门外该有多好哇!祠堂的门口有两个凶神恶煞一般的鬼子把守着,谁也不敢动作,就连小孩子也不敢哭泣,生生地望着冒着寒光的刺刀,等待未知的命运。

有一个小孩儿终于忍不住了,发出了第一声啼哭。爷爷还记得他的哭声是那样的清脆和锐利,人群霎时间吵闹起来。爷爷正想高喊一声和大家一起冲出去,站在爷爷身边的爷爷的爷爷一把捂住爷爷的嘴,与此同时,鬼子手中的枪也响了,接着那哭叫的孩子就倒在了妈妈的怀里。人群立刻安静了,就连孩子的妈妈也捂着自己悲痛的嘴。爷爷的爷爷也松了手,爷爷就冷冷地盯着祠堂的门口,等待更多的鬼子出现。

门口只有两个鬼子,枪响之后又来了两个鬼子,此后再不见更多的鬼子出现。爷爷回头看祠堂的人,人们都漠然地望着鬼子。鬼子呢,鬼子则抖着寒森森的刺刀。在刺刀的威逼下,恐惧就像一股烟雾在人群中弥漫开来,爷爷也觉得有一股寒气从脚底蹿到了头顶。爷爷又回过头,爷爷想寻找一个坚强的北方汉子,想寻求一份鼓励,寻找一份信心。爷爷挺起了胸,抬头又去寻找,可爷爷的爷爷又掐了他一把,低声说:“你咋忘记了那一年?”

爷爷没有忘记那一年。

那一年土匪刘黑七的手下破了屯子,把全屯的人都集中在祠堂里,就像今天一样,留几个土匪守着祠堂,其他的土匪去搜刮财物。人们虽然害怕,但还是有几个胆大不信邪的,挑起头来要反抗。只是他们张开嘴还没有发出声音时,土匪手中的枪就响了,他们应声倒下,剩下的都吓得噤若寒蝉作声不得。直到土匪搜刮一空走出村口二里地了,死者的家属才发出一声干涩的号叫。爷爷的爷爷就告诉爷爷,不要做出头鸟,因为枪打出头鸟。

爷爷想起这件事,挺起的胸膛又陷了下去,自然也不敢回头去寻找那份鼓励和支持。爷爷想,难道那些勇敢的人都被杀绝了吗?爷爷不甘心,爷爷的胸膛又慢慢地挺了起来。爷爷竖起耳朵悉心倾听祠堂外面的声音。除了门外几个鬼子皮鞋的踢踏声,再没有别的声音。爷爷想,难道只有这四个鬼子吗?又倾听了一番,确信只有四个鬼子后,爷爷明白了等待面临的危险。爷爷再也不顾及爷爷的爷爷的反对,抬头去寻找一份鼓励,寻找一份信心,寻找一份支持。

爷爷的眼光在走过许多眼光之后,他们的眼光相遇了。爷爷从那双眼睛里看到了一份期待和忧郁,更多的是鼓励和支持。爷爷的心中顿时豪气冲天。于是,在祠堂门口的鬼子稍一松懈的一刹那,他们便不约而同地冲了过去。爷爷扑倒了一个鬼子,那人唰唰唰地撂倒三个。解决了鬼子,那人来不及和爷爷打声招呼,立即带领全屯一千多人迅速转移到屯后的大山里。

这时,躲在林子里的爷爷发现一队鬼子进村了。

这时,躲在林子里的爷爷听邻村逃出来的一个人说,全村八百多人等待到最后被鬼子全部屠杀了。

这时,躲在林子里的爷爷终于明白了那人的身份。

这时,躲在林子里的爷爷就把手中的皮箱交给了爷爷的爷爷,和那人走出了林子。在身经百战后,本欲求医的爷爷却成了一名将军。

六十四年过后,八十二岁高龄的爷爷终于见到昔日出国留学已成为医学泰斗的同窗。同窗为爷爷的一生深感惋惜。爷爷笑笑说:“我不惋惜。因为那一刻使我明白,一个称职的军人有时远比医生的责任重大。”

爷爷说罢,爷爷又想起了那一刻,爷爷永远都忘不了那个人和那一刻。

噙口钱

江　岸

从踏进黄泥湾的那一刻起，老大媳妇舒雅就没有让村里人舒服过。大家看她哪里都不顺眼。明明是千里迢迢回来奔丧，她却打扮得如一只花蝴蝶。见到乡里乡亲，她欣逢节日般喜悦，笑容如饱满的向日葵，对着大伙儿灿烂开放。

不要说她不肯周周正正地戴孝帽穿孝衣了；

也别说她不肯下跪给死去的婆婆磕头了；

更别说她在如雷的哀号中没有任何哭泣的意思了……

看见舒雅歪顶孝帽斜披孝衣神态自若地半蹲在婆婆的灵前，没有一个人不想踢她一脚，把她踢个嘴啃泥，踢个狗吃屎，踢翻在她婆婆的灵前。据说舒雅也念过书，大专学历，怎么这样狗屁不通呢？

人人都为刚刚死去的老寡妇鸣不平。

她年轻时候真是一朵花，自古红颜多薄命，二十八岁时丈夫撒手人寰。其间多少人想娶她，她都婉言谢绝。她不愿意儿子和女儿受丁点儿委屈。一个妇道人家，独自抚养大一双儿女，谈何容易！她砸锅卖铁供儿子读书，女儿学习一样争气，可她供不起，女儿辍学，儿子读到大学毕业。现在儿子人模狗样了，却娶了这样一个不通人情的城市媳妇！如果泉下有知，她一生哭干了眼泪的眼睛一定要泣血了。

对舒雅的气愤只是丧事中间一个小小的插曲，整个丧事按照传统的习俗有条不紊地进行着。应该说一切都很顺利。

第二天晚上，亲眷最后一次瞻仰遗容，之后要封棺，永远和死者阴阳两隔。这是痛不欲生的时候，所有亲眷都往上扑，呼唤死者，把棺木拍得嘭嘭响，甚至头撞棺木。乡邻们围在周围，搀扶着这些亲眷，一些心软的大婶大嫂也开始掉眼泪。舒雅挤在人群里，木棍一样笔直地站着，俨然一个看客。大家有意无意地推搡着她，把她推到棺木旁边。

封棺的时候到了。木匠提着板斧，沉缓地走进来。亲眷们见了，更加撕心裂肺，他们大吼着不要啊不要啊，夺木匠的斧子，把木匠往灵堂外面推。就在这拉扯之间，他们被乡邻拽开，齐刷刷地跪下来，放声大哭。

砰……砰……砰……板斧砸着棺材钉，好像砸在人们的心尖尖上。面对其情其景，纵是石头人，也会掉泪。所有的人一起恸哭。

舒雅却扭身往灵堂外走，嘀咕一句，干什么呀，又不是拍电影，表演给谁看呢？

一个远房叔叔听见了，老头憋不住，怒喝一声，放你娘的屁！

你怎么骂人呢？舒雅不满地说。

骂你是轻的，我还想揍你呢。老头扬起了老拳。

舒雅快步逃开了。

黄泥湾有个风俗：亲人离世，嘴里必须噙一枚铜钱，待封棺之前拿出来，穿根红绒绳，挂在长门长孙的胸前。这个铜钱叫作噙口钱，不是一般儿孙能够拥有的，它不仅可以庇佑儿孙，更是身份和地位的象征。

舒雅儿子小宇的胸前就挂了这枚噙口钱。红红的绒线吸引了舒雅的眼球，她走到小宇身旁，问儿子，你戴的是什么？

奶奶嘴里的钱。七岁的小宇口齿相当伶俐。

啊？舒雅像被毒蛇咬了一样暴跳起来，一把扯断红绒线，顺手把噙口钱扔了，扔到院子外面的竹林里去了。她抱起小宇跑到厨房，烧了一大锅热水，扒掉小宇所有的衣服，兜头盖脸给小宇洗澡，把小宇的皮肤都搓红了，她还往他身上涂肥皂。

舒雅老公的很多同学过来送葬。其中一个叫余雷的，学的是考古，在县文物局工作。小宇刚戴上噙口钱的时候，他就注意到了，悄悄抱着小宇，反反复复地看这枚古钱，看了正面看反面，看了反面看正面，把小宇看急了，使劲挣扎，他才把小宇放下来。舒雅的老公伤心欲绝，余雷还没有机会告诉老同学好好保留这枚古钱，就被倒霉的舒雅扔了。

余雷打着手电，耐心地在竹林里寻找，好在红绒线还穿在古钱上，他终于找到了。他把舒雅拉到一边，悄悄地说，这个铜钱我捡回来了，嫂子可别再扔了。

怎么了？舒雅皱皱眉头说。

这个铜钱是个宝啊。

啊？怎么可能？

据我初步推断，这是一枚秦代的铜钱，我从没见过保存得如此完好的秦钱，品相太好了。如果排除赝品的因素，这枚秦钱绝对非常珍贵，极具收藏价值。当然，在这山沟里，也绝对没有人会仿造古钱的。

很值钱吗？

余雷的手掌举起来，手心晃晃，手背晃晃，肯定地说，至少这个数。

真的啊？舒雅瞪大了眼睛。

娘入土为安了，要解决遗留问题。全家人坐下来，村里德高望重的几个长辈也来了。因为舒雅一直格格不入，大家都捏了一把汗，怕她在利益问题上放刁。但她一直没有开口，问到她，她才点点头。这样，所有的问题都不是问题了。当然，小宇得了那枚古钱，价值不菲，其余的破烂家业能值得几何呢？她没有争执也在情理之中。哥哥在城市，条件好，妹妹在农村，条件差，能承担的，哥哥都承担了，能继承的，都给妹妹了。

整个过程简短得有些出人意料。

大家道了别,要回家休息的时候,舒雅突然站起来,朝妹妹走去。大家的心又揪了起来。她掏出一个纸包,递到妹妹手上。

我们欠妹妹的太多,这枚古钱给妹妹吧。舒雅轻轻地说。

一圈人瞪大了眼睛,仿佛不认识舒雅,真的看不懂这个城市女人了。

稀　客

江　岸

从乡政府开完会出来，杨大春垂头丧气地走在街上。乡长号召各村八仙过海，各显其能，招商引资，振兴经济。可是，黄泥湾偏安一隅，交通闭塞，凭什么抱回“金娃娃”呢？走过乡汽车站的时候，杨大春被一个刚刚下车的城里人拦住了。

城里人递过一支纸烟，客气地问，老乡，你们这里哪儿竹子多？

原来，城里人想在山里投建一个竹筷厂。

杨大春愣了一下，猛地抓住城里人的手，使劲儿摇晃着说，你找我算是找对人了，我们黄泥湾漫山遍野都是竹子。

杨大春领着城里人，踏上了黄泥湾的盘山路。爬到半山腰，山林里钻出一位打柴的老汉。虽然已是深秋季节，老汉却只穿着一件破旧的汗褂，棉袄搭在柴担上。两捆柴火像两座山，随着老汉佝偻的身躯沉缓前行而移动。老汉的头上身上蒸腾着缕缕热气，后襟全部湿透了。

杨大春和这位老汉似乎很熟，生硬地说，中午有客人，你赶紧回去杀一只老母鸡，捞几条鱼。

老汉头也没回，低沉地“哎”了一声，加快了脚步。肩上的柴担仿佛不堪重负，吱吱呀呀响了起来。

城里人隐隐有一丝不快。都说乡村干部方法简单，作风粗暴，看来一点儿也不假。这个杨大春对这位老汉，怎么能如此蛮横呢？

在杨大春的陪同下，城里人参观了好几处竹园。杨大春所言不虚，黄泥湾的竹子无处不在，翠绿如海，看得城里人一阵阵激动。城里人还看到了更多的商机：水竹细小柔韧，根节繁多，可以做装饰品；楠竹篾丝溜长，可以编盘织筐，盛放瓜果；毛竹粗大结实，可以做笔筒、口杯、碗盏、凉床、麻将席。这些都是环保产品，城里人必定喜欢。如能一步步将这些产品开发出来，建立竹制品公司，产供销一条龙，不愁日后财源滚滚日进斗金了。

日头偏西，城里人跟着杨大春，到农户家吃饭，一进门，就看到了那个在山路上挑柴的老汉。老汉穿着褪色的蓝布棉袄，拦腰勒了一条灰暗的布带。原以为老汉七老八十了，仔细一看，也就五十出头。见他们来了，老汉一脸巴结的笑，点头哈腰地站在旁边迎接。杨大春目不斜视，旁若无人地从老汉身边走过去。城里人皱了一下眉头，立即绽开满面笑容，对老汉说，大叔，给您老添麻烦了。

老汉慌忙摆着手说，你是稀客，你来了，我高兴还来不及呢。

老汉忙不迭地打一盆水出来，让他们洗脸。趁他们洗脸的工夫，老汉将菜肴端上了饭桌。他们入席了，老汉垂手站在桌旁，谦恭地说，我们乡下人不会做菜，也不知合不合您口味，请慢用吧。

大叔说哪里话，一块儿吃吧。城里人真诚地说。

杨大春头也不抬，轰赶苍蝇似的朝老汉挥一下手说，你去看酒温好了没有，快端上来。老汉笑笑，出去了。杨大春对城里人说，请你尝尝我们自己烧的米酒。城里人心里不快，没有说话。

老汉将温好的酒端上来，给他们一人倒了一杯。一股清甜的香味立刻扑鼻而来。城里人抿了一口，叫一声，好酒。城里人眉开眼笑地说，大叔快坐下，我们喝一杯。

老汉正欲坐下，杨大春终于正眼看了一下老汉，城里人注意到，那是多么犀利的一瞥啊。老汉被杨大春强硬的目光压制着，仿佛陡然矮了半截，垂着头出去了。杨大春转过脸来，立即笑容可掬，邀城里人举杯，说，预祝合作成功。

城里人没有动，脸色晴转多云，黑得吓人。杨大春吃惊地看着城里人，不知如何是好。沉默良久，城里人慢慢站起身，向门口踱去。

杨大春跳起来，抓紧城里人的衣袖，狐疑地问，老板，你怎么了？

城里人伸出一只手，将杨大春的手从衣袖上轻轻捋开，盯着他的眼睛，冷笑着说，你就是这样对待你的“臣民”的吗？你真像一个土皇帝啊。

杨大春忸怩地说，哪儿呀，他是我爹。

什么?! 城里人愣住了，吃惊地瞪着杨大春。

空气沉滞得如一锅凉透了的粥。

不知什么时候，老汉站在了城里人身边。老汉叹了一口气，喃喃地说，唉，他也难啊。他竞选村主任，是夸了海口的，要带领全村人奔小康呢。

城里人摇摇头说，一个人怎么连自己的生身父亲都不懂得尊重？我不愿意再合作了。

突然，老汉扑通跪下来，双膝扎地，跪在城里人面前。老汉泪流满面，哽咽地说，他就是怕我言语不周，冲撞了你。你就看在我的薄面上，帮帮他吧。

城里人慌忙蹲下身子，搀扶老汉。城里人责备老汉说，大叔快起来，您这是折晚辈的寿啊。

城里人刚把老汉拉起来，猛然听见身边又是扑通一声响。转身一看，杨大春跪下了。杨大春直挺挺地跪在泥巴地上，他的前面，就是他的爹。

青　苗

胡　炎

春天,爹带他到田边。干净的阳光下,田里是一望无垠的绿。那是数不清的青苗,葳蕤在爹沧桑的目光里。

他拍着小手,说:"爹,你给我起的名字真好。"

爹笑了,有些得意。爹给他起的名字叫"青苗"。

爹握着锄头,去田里清除杂草。他张开手臂,做出小鸟的样子,撒着欢儿奔进田里。在他的脚下,青苗一棵棵倒下。

"浑小子,站住!"爹呵斥他。爹的脸涨得通红,眼鼓得像老牛。他被吓住了,他没想到一向慈祥的爹会发这么大火。

"怎么了?"他不解地问。

爹没说话。爹走到那些折断的青苗前,俯下身心疼地摩挲着。良久,爹说:“孩子,一棵青苗就是一把麦子呀,遇上荒年,说不定这一把麦子就能救一条命呢。”

他吐吐舌头,脸辣辣地热起来。他第一次明白,这青苗是爹的命,是父老乡亲的命。

那一年,他七岁。

此后,他再看到青苗,除了喜欢,还多了份敬畏。有一次,他看到一个放羊的趁人不注意,把羊赶进田里啃青。他恼了,箭一般奔过去,把羊赶出田。放羊的不高兴了,问:“这是你家的田?”他摇摇头。放羊的说:“不是你家的田,你多管什么闲事?”他叉着腰,嗓门洪亮:“谁家的田也不行,我就是不许你的羊啃叔叔伯伯的命!”放羊的哭笑不得,赶着羊乖乖走了。

一晃,他长大了。大学毕业后,他工作很努力,几年后,他当了乡长。当了乡长的他,不爱待办公室,不爱泡酒场,就爱往田里跑。晴了,他想着旱;雨了,他惦着涝。两裤腿黄尘,两大脚泥巴,全乡的老少爷们都喜欢上了他这个“泥腿子乡长”。

一个穷乡,竟慢慢富了。

八年后,他当上了县长。一个县交到他手里,头绪自然多了,常常忙得昏天黑地。不过一有空儿,他还是要到乡下看看,看看乡亲,看看那如海如毡的青苗。

这天,有个开发商找到他,邀他到凤凰娱乐城“放松”一下。他婉拒了:“有事就在办公室谈。”开发商拗不过他,就亮明了来意,他要圈一百亩地,建化工厂。地址已选好,就在郊区田庄村的耕地上。

他皱了皱眉。作为县长,他当然欢迎有人投资搞项目。可要占百亩耕地,办污染企业,他不能同意。

“土地是老百姓的命根子呀,”他诚恳地说,“我和规划部门商量一下,重新选址吧。”

开发商古怪地笑了笑,低头拉开公文包,手一伸,一个沉甸甸的信封上了桌:“一点小意思。不瞒您说,这块地是我找风水大师给看的,您再考虑考虑,事成后一定重谢。”

他看了看那个信封,他估得出它的分量。这一刻,他想到了多年前那群啃青的羊。他的身边,已经有几只贪食的"羊"倒下了。他说:"拿回去。"

开发商皮笑肉不笑,信封放在桌上,起身要走。他唬起脸,把信封扔给开发商,重复了一遍:"拿回去!"

开发商愣了下,接过信封,怏怏而去。

晚上,他接到了一个电话。电话是市领导打来的。市领导让他把地拨给开发商,审批的事不用他费心。他这才知道,开发商有来头。他耐心地给市领导解释,但市领导不听,口气也越来越硬。他有些犹豫了,他当然知道得罪上级的后果。他握电话的手有些发抖:"让我……再考虑考虑。"

这一夜,他没有合眼。

第二天,他去了田庄。广袤的土地上,青苗长势良好,在微风中涌着一波一波的细浪。他蹲下身,轻轻地抚摩着柔软的青苗。他知道,这些青苗早已长在他的心里了。

回到办公室,开发商已在等他了。他从开发商的脸上,看到了一丝得意。开发商说:"冯县长,我的事不知您考虑得怎样了?"

"已经考虑好了。"

"我就知道。您这一县之长是个明白人,放心,我会报答您的。"开发商笑逐颜开。

他也冷笑了一下,郑重地说:"重新选址,没有商量!"

开发商的表情僵住了。半晌,脸上扯出几丝凶相:"有你的!好,咱走着瞧!"

三天后,田庄的乡亲们找来了。乡亲们上气不接下气地告诉他,有人带了推土机在推他们的青苗。他惊得跳了起来,在桌子上狠狠一拍,当即带了几个干部赶往田庄。

推地的人正是那个开发商。他的眼里几乎要喷出火来,第一个冲了上去。开发商说什么,他一个字也没听见。他堵在推土机前,像一个铁铸的桩子,深深地揳在田里。开发商恼羞成怒,对他的手下挥挥手,拳脚和棍棒瞬间落在了他的头上……

事情闹大了,开发商进了拘留所。很快,那个市领导也给"双规"了。乡亲们的青苗保住了。

他躺在医院里,人事不省。二十天后,他终于睁开了眼睛。但是,他已经成了植物人。

乡亲们含着泪,一声声地呼唤他的名字。有人拿着一把青苗,在他眼前轻轻地晃着。看着青苗,他的嘴角本能地泛起一丝不易察觉的微笑。

乡亲们说:“瞧这青苗长得多好啊!”他们相信,等到青苗长成颗粒饱满的麦子时,他们的青苗县长一定会醒过来的。

等待录取通知的那个夏天

胡　炎

那是我人生中最漫长的一个夏天。

我的高考成绩很不理想，仅高出本科录取线三分。如果幸运垂青我，我会走进大学的校门，而一旦稍有闪失，我就会名落孙山。

我的忐忑在逼人的暑热里不断发酵、膨胀，我开始失眠。接着，我的饭量迅速减少，一点儿胃口也没有。不久，我就瘦得皮包骨头了。

父亲常年在外，有一天，他突然出现在了我的面前。

“陪爸爸到乡下转转吧。”父亲说。

我不大情愿，但又不愿让父亲失望。

我们骑着车，穿过郊区，一直到了县城。父亲似乎有用不完的力气，总骑在我前面。后来，我们到了一条河边。说是河，水却枯了，裸露的河床是一片开阔的沙滩。对岸一片树林,蓊蓊郁郁的。父亲说:“咱们到那儿乘凉。”沙子被日头烤得炭一样烫,脚刚踏上去,就被烫得跳起来。我唏嘘着,下意识地调转车头。父亲说:“都大男子汉了,还那么娇气?”说着,自顾自在前边深一脚浅一脚走,虽吃力,却沉稳。我无奈,只得跟随。脚上的感觉渐渐只剩下了热,后来,连热也没有了,只有麻木。半小时后,父亲上了岸,我还有段距离。我不得不钦佩父亲。父亲向我招手,给我加油。我也上岸了,刹那间,我有点想哭。

树林里的确是个好地方,阴凉很多,而且有风,把疲惫一点点地舔了去。坐下来举起双脚,才知父亲和我都有了轻微的灼伤。父亲说这算个什么呀,他小时候天天就这样光脚跑,一点儿事没有。但是父亲还是从附近掐了一些草,揉碎了,敷在我的脚上。过了会儿,父亲变戏法似的从沙子里扒出一颗花生来。这是农民收割遗留下的,父亲说,这么大的沙滩,再翻找一遍至少能装满一个麻袋。父亲剥开花生,露出粉白的仁,放进嘴里轻轻一嚼,由于沙子的烘烤,竟格外香甜。

我们捡了截树枝,不停地在沙土里翻拣着,果真找到了不少花生,品尝了一顿天然的美味。

父亲说:“现在感觉怎样?”

我笑了笑。我很久没有这么轻松地笑了。

父亲说:“再难的事,一咬牙,也就挺过来了。”

休息了一阵后,父亲还未尽兴。我们骑上车,又起程了。这次,我们进了一片农民收摘后的果林。父亲说:“这树上肯定还有果子,你能给爸爸摘一个解解渴吗?”我点点头。我很快发现了一个果子,但长得很高。我不怕,脱下鞋子爬树,爬到了粗大的树杈上,再爬,树枝越来越细,心里面越来越虚。我不能再爬了,但我很想把果子摘下来。这时,父亲在下边叫我:“下来吃果子了。”我循声望去,父亲的手里竟托着好几个果子!我爬下树,心灰又自惭。父亲拍拍我的头:“长果子的树不止一棵啊,总有适合你摘的。人活着,怎么能在一棵树上吊死呢?”

我默然无语。

第二天,父亲走了,我的心情却好了一些。我开始冷静地想一些事情,比如落榜后该怎么走,比如理想的院校未录取该怎么办。我有了思路,心中渐渐踏实了。

一段日子后,父亲又回来了。父亲拎上网,说:“咱们去河里捉鱼吧。”父亲过去捉鱼捉得上瘾,只是这些年调往异地,少有闲暇,很少下河了。

我们沿着过去经常捉鱼的河走着。该下网了,可父亲不下。父亲说:“走,往上游走。”这是我极熟悉的一条河,却又是我极陌生的一条河。人工的防护堤没了,花坛和草坪没了,代之以古朴的桑树、老槐,一人高的藤草,和愈来愈分不清路的小径。一股沟汊,两股沟汊……蜿蜒着,交汇起来。水清得像空气一样透明,螃蟹在临水的洞口和水中的石块上悠然地爬行……

我有些沉醉了。

父亲说:“多走几里路,不一样了吧?”

我使劲儿点点头。

父亲笑着从口袋里掏出一封信,递给我:“看看吧,你的。”我接过来,意外的惊喜让我一下子痴得手足无措:我被第一志愿录取了,幸运之神站在了我的身边!

父亲说:“祝贺你,孩子!以后,还得走得再远一些,像这河,追求无止境啊。”

我的泪潸然而下。我突然明白,我刚刚走过了我生命中一个至关重要的夏天。那是父亲给予我的夏天,让我受益终生。

诗　眼

胡　炎

阳光薄而柔软，秋深了。

风拨弄着树叶，将绿色一点点蚕食。酒后的秦乡长，立于寒意渐浓的街头，忽地就有了些怅然。

半年没有看老母亲了。那竹篱柴扉、三间矮房之内，母亲抱一方孤独，身体可好？

“秦乡长，又发诗情了？”年轻的村主任悄然来到身边。

圈里人都知道，秦乡长既是个有魄力的实干家，又是位业余诗人，官场中实不多见。

秦乡长淡然一笑，未答。

“走吧，找个地方按摩一下，松松筋骨。”

“算了，忙你们的事吧。”秦乡长摆摆手。

桑塔纳绝尘而去。出了村，秦乡长透过车窗，望绿野无垠，远方高楼丛立，视线就突然有些模糊，那个河水环抱的村落和村头那棵枝叶如冠的杨树，真实地出现了。朴素如昨，生动如昨。

那是他的根啊。

秦乡长不禁喃喃吟起一首旧诗：白杨擎着太阳/那是母亲的脸庞/绿叶在风中歌唱/那是母亲的秀发飞扬/我是一只小山雀/啄着发丝上的阳光/捧起母亲的叮咛/等待着飞翔……

幼时的记忆中，母亲秀发如瀑，桃腮含笑。不知情者，看不出这是个丈夫早逝的寡妇，一个人带着儿子，顽强地撑起生活的风雨。秦乡长就在这单亲的温暖中长大。大学毕业后，他分到另一城市工作，直至今天荣任乡长。

在秦乡长的心中，母亲的每一根头发都是生命的脉络。无论走到哪里，始终走不出母亲的牵系。小时候，他常给母亲梳头。母亲长发齐腰，他说："娘，你的头发真长。"母亲莞尔一笑："孩子，你能走多远，娘的头发就有多长。"成家后，他想把母亲接过来住，可母亲拒绝了："孩子，你心里有娘，娘就在你身边了。好好做事吧……"

回到乡里，副乡长告诉他，那几个上访者刚被打发走。秦乡长"哦"了一声，一乡之长，大事还忙不完，哪有工夫去处理这些鸡毛蒜皮？经济建设才是工作中心，才是德政之本啊。秦乡长交代了一下有关事宜，便决定立即回老家一趟。他心里现在只有娘了。

到了，大杨树举着一蓬黄叶，向他道着岁月沧桑。秦乡长急步进家，破落的院子里，娘正俯身浆洗。

"娘！"秦乡长唤了一声，眼眶便潮湿了。

娘看他一眼，表情复杂，须臾之后，竟低下头自顾浆洗，对他视若无睹！

秦乡长心里一沉："娘，我是秦川，你的儿啊！"

娘蓦地站了起来，站得很直，一如村头参天的白杨。满头银丝，如飞絮般舞着。娘说："我知道你是秦川。你回来得正好，要不，我明天就去找你。"

"娘……"秦乡长困惑了。

"你们那儿几个乡亲，一年多了，想见你秦乡长一面，难啊！人家见不着你，就找我这个当娘的来了。村主任明着欺负人家，你竟然不管不问！你一天到晚都在忙些什么?”

秦乡长哑然。一切都太突然、太意外了,让他猝不及防。

娘双目通红:“秦川,娘再说一句。你是公家人,是官,可你要记住,这黄土地上的人,永远都是你的爹娘!”

秦乡长久久地沉默着。他不敢看娘,娘凛然如山,娘发如银镜。这些年,他的确政绩累累,可爱民之心还有多少?他心中想的,只是为自己的远大仕途积累资本,只是雷厉风行之后的逍遥人生。在娘挺立的身姿面前,他还有勇气把那个“人”字写得笔直吗?

“娘,我知道了……”秦乡长潸然泪下。

在秦乡长的坚持下,娘又让他梳了一次头。秦乡长的手颤抖着,每一根银丝都像针一样刺着他。“当秋天染白了母亲的生命/我依然听到大地的脉动/当叶片骑在风的脊梁上远行/我又望见您迎风傲立的身影……”这些瞬间迸发的诗句,雕刀般镌刻在了他的心头。

秦乡长蓦然发现,为诗多年,今天他才找到了真正的诗眼。而这个诗眼,正在深秋流泪……

当晚,秦乡长披星返程。

沙漠园

范江媛

沙漠园是沙漠浅绿色的裙边,越过它向东就踏上了死亡之海塔克拉玛干。昆地的母亲说那时候人们的心中有一眼泉水,人们总是目光明亮,民风淳朴,可是现在人们把泉水给弄脏了,人的心开始和乌云结伴了。

有一天沙漠园的绿洲地带出现了许多陌生人,昆地对妈妈说:"阿妈,我们现在不只是两个人,你瞧,那里来了很多人。"昆地和妈妈从出生到现在还没见过这么多人,因此他们既兴奋又惊奇,难道大地上一下子会冒出来这么多人?昆地七十岁的妈妈用一条油亮的马尾毛扫把将自己破烂的土房子用力扫来扫去,她说儿子快把房间收拾干净了,等那些客人累了,好让他们休息。

昆地和妈妈没有什么财产,他们只有三只山羊。昆地记得每一只山羊的名字,那只黑毛山羊,眼睛慈祥,胡子也很长,昆地就把它叫黑山;那只年龄较大的白毛母山羊叫合休,是那只小白毛山羊皮丹的母亲,黑山的老婆。昆地很为黑山找到老婆而骄傲,他总是忍不住自言自语地说:“瞧瞧,他们多般配,是多么幸福的一家。”除了三只山羊,昆地和母亲还有两间土坯房子,房子是用泥一团一团堆砌起来的,从外表看上去,如同一团团土褐色绵羊毛摞叠而成。

昆地和母亲忙乱一阵后,就坐在门前的大石头上远远看着正在绿洲边缘东瞅西望的十几个陌生人。他们当中有人搭着人形的木架子一会儿向这里看看,一会儿又向那里看看,不知道在忙活什么。这些人都是男人,当昆地和母亲向他们欢呼的时候,他们都站在原地一动不动,如临大敌。但他们仔细打量了一番昆地和他母亲后,仍继续干他们的活儿。

此时沙漠园的日头像火一样炙烤着大地,十几个人不一会儿就口干舌燥。昆地家的两间土坯房四周有几棵茂密的沙枣和白杨树,远远看上去与对面的沙漠形成了强烈的反差,十几个陌生人很想到那片小树林子里去凉快凉快。

他们进入昆地的房间后,昆地和妈妈将房间里唯一的羊毛毯铺在炕上让客人们坐,客人们又渴又累,一看见昆地端进来的清凉冰水简直垂涎欲滴,他们找昆地说:“能不能把你们的羊杀一只?我们实在太饿了。”

昆地来到羊圈里,看看黑山,不忍心下手,再看看合休善良的目光也不忍心下手,最后昆地看了看强壮的皮丹,手中的刀竟然落在地上。昆地为难极了。客人们等得焦急,他们当中的一个来到羊圈,见昆地舍不得这个又舍不得那个的模样,十分可笑,于是一把抢过昆地手中的刀,照着小山羊的脖子捅去,小山羊连挣扎都没挣扎几下就倒在地上死了。昆地十分难过,默默流着眼泪,客人说你放心又不白吃你的。昆地看着目光哀戚的合休和沉默的黑山,突然双膝一软跪下了。黑山和合休此时停止了彼此长时间的凝望,它们静默下来穿过木栅栏,竟朝着浩瀚沙漠走去。

昆地没有去追它们,他知道在沙漠里任何一个生灵都应当是亲人,都应当相亲相爱。他违背了沙漠里生命的盟约。

山羊炖熟以后,沙漠园几十里都飘起了清香的味道,昆地和妈妈竟第一次闻到这么香的味道。

客人们很快吃饱喝足,他们收拾好工具准备离开。那个杀羊的客人将二百元钱塞进昆地的手里说:“这是给你的羊钱。”昆地和妈妈十分惊奇,他们将钱又塞回到客人的手里,平静地说:“我们要钱没用,这里没人用这个。”客人很为难,说:“那你们要什么?”昆地的母亲此时正盯着客人手中的一瓶饮料。昆地说:“妈妈想要那个。”他指了指饮料瓶,客人明白了昆地母亲的意思,于是他们将自己所剩下的一瓶饮料塞进昆地手里。

昆地说:“我们这里没有这个。”

昆地和母亲将客人们送走后,客人们走老远终于忍不住说:“这里的人真愚昧,但愿我们能早日将现代文明带到这里。”

每当节日的时候昆地的母亲就用小瓶盖抿一口饮料,等母亲喝完昆地再舔舔瓶盖,将饮料盖拧紧,然后像供奉圣物一样将饮料珍藏在房间里最高的土台子上。

这瓶普通的饮料昆地和母亲整整喝了一年。

他们说在沙漠中要懂得甜蜜更要珍惜甜蜜。

太极神偷

侯发山

有一年冬天,康家遭了贼。贼得手没有?贼当然得手了——贼没偷别的,只偷康家粮库的小麦。丢了多少?两布袋,一布袋二百斤,两布袋就是四百斤。按说,康家庄园固若金汤,而且有看家护院的兵丁,一般人是进不去的。贼既然能进到康家庄园,而且得逞,肯定不是一般的贼,怕是有飞檐走壁的功夫。

大少爷康小勇主张报官,康百万没有同意,要求康家上下不要声张,严加防范。康百万说,算了吧,一点儿粮食,值不了多少钱。

想不到,隔了几天,又丢了两布袋小麦!

这不是吃了豹子胆吗?抓住这个小偷非活剥了他不可!康小勇气得哇哇大叫。

康百万没有理会康小勇,自言自语地说,这个小偷既然技艺高超，不偷金银财宝，也不伤人性命，专偷粮食，至少说明了两个问题。

哪两个？康小勇问。

其一，说明这个小偷不是黑道中人，还是有良心的；其二，说明他家里真是没有吃的了。

接下来怎么办？康小勇没了主意。

不要管他，再等等看。

这个小偷还真没把康家放在眼里，胆大妄为，过了几天还是偷走了两布袋小麦。

康小勇又沉不住气了，嚷嚷着要报官。

一旦报官，动静闹大了，不但抓不到贼，还会招来其他的贼。康百万顿了一下，继续说道，我早已在布袋上扎了口子。小偷背着粮食肯定会洒落的，顺着洒落的小麦找吧。

果然，大家在地上找到了零星的小麦。于是，沿着麦粒来到黄河岸边，线索就断了。虽说是冬天枯水季节，黄河河面依然很宽，上面漂浮着大块大块的冰凌。

难道小偷会游泳？康小勇疑惑地问。

康百万扑哧笑了一下，说，你问问金狗，他敢游不？

金狗是康家水性最好的下人，当时也在场。他对康小勇说，大少爷，河面冻成这样，谁敢游啊！不要说背着粮食，就是空手下水也是不敢的。挨冻不说，那些个冰凌碴子就会把人碎尸万段。我就亲眼看到一个人溜冰过河，到了河中间，冰凌断裂，那人被冰凌拦腰割断了……

康小勇不禁打了个寒战。

回吧！一直望着黄河北岸没有说话的康百万忽然说道。

不追查了？康小勇一脸不满，他有点恼恨爹的懦弱。

哪能就这样完了？康百万摆了下手，脸上掠过一丝不易察觉的笑意。他唤过金狗，耳语了一番……

不出康百万所料，偷他们粮食的是黄河北岸怀庆府的太极高手，姓陈，人称“太极陈”。他每天凌晨趁着黄河结冰溜冰过河，然后到康家盗取粮食，再趁黄河解冻之前赶回来。

一天晚上，太极陈刚要出门，忽然发现门缝里有一信封。他疑惑地打开，只见里面有一张银票，还有一封信。信上写道：

陈大侠您好！背着粮食从冰上过黄河太危险了。这五百两银子送给您，请您买些粮食赈济当地灾民吧。以后有了难处，只管开口就是。

落款只有一个字：康。

一刹那，太极陈什么都明白了——康百万已经知道了他的所作所为，这银票和信就是他派人送来的。

原来，康百万派金狗设法渡过黄河，打听到黄河北岸当年遭了水灾，庄稼颗粒无收。眼下到了年关，家家户户都没了口粮，眼看要饿死人。太极陈听说康百万家很富有，就冒险来康家偷粮食，回去后把偷来的粮食都分给了当地的灾民……康百万感念太极陈的义举，就派金狗给他送去了银票。

黄河北岸的百姓知道此事后，给康家送了一块"扶弱济困"的匾额。

就这样，太极陈和康百万成了朋友。他问康百万当初为何不报官。康百万说，在我没弄清底细之前，是不会鲁莽行事的。得知事情原委后，我为你的侠肝义胆所感动，所以就没报官。

太极陈说，康老爷，其实我没您想的那么高尚……如果您报官，我会一把火烧了您的庄园。

康百万惊出了一身冷汗。

康百万想把太极陈留下，让他教康家上下练习太极拳。太极陈婉言拒绝了，说，我来去自由惯了，受不得约束。不过，康家遇到什么难事，需要我帮忙的，尽管开口，我在所不辞。

康百万也就没再强求，本来他就是随口说说的，得知这位太极陈有烧庄园的想法后，更是断了留他的念头。他又哪里知道，怀庆府的太极神功是不传外姓人的，他想留也留不住。

据说后来，康家后人到怀庆府购买土地，迁徙人口，种植怀药，都是太极陈和他的弟子们从中周旋的。

大烟袋

程宪涛

小柴河要娶唱蹦蹦的小喜儿过门儿。小柴河的亲戚们打听出小喜儿的出身,言语中流露出轻慢和不悦。小喜儿在接亲前告诉小柴河,准备一杆长长的烟袋锅子,要把婆婆的长烟袋杆比下去。

小柴河家是八宝镇的大户人家,小柴河妈有一杆远近闻名的长烟袋。那时的东北女人稀罕抽旱烟,女人的烟袋锅子被称作乾烟袋。女人叼着大烟袋是东北乡村的习俗。小柴河妈的烟袋是玛瑙烟袋锅,小巧精致,乌木烟袋杆,油黑铮亮。据说一位出嫁的格格使用过,后来从皇宫里流落到民间。方圆百里老太太的烟袋杆子,都不敢与她的烟袋杆子相抗衡。20 世纪 70 年代一位著名的歌手唱过一首家喻户晓的东北民歌《新货郎》,提到过类似的乌木烟袋杆儿。

小柴河的母亲走到哪里都是风景，端在手里的烟袋杆子摆下的就是谱儿，一副大庄户人家女人的庄重，一个富庶老太太的体面。到人家家里做客那是东家的荣幸，鸡飞狗跳马嘶牛鸣好不热闹。被请坐在热乎乎的炕头上，围着红彤彤的炭火盆，铜盆里是甜津津的尖把儿梨，烟簸箩里是金黄的亚布力烟叶。东家双手把长烟袋接过来，在烟袋锅子里蓄满金色烟丝，把小星红木炭放到烟袋锅子里，烟丝刺啦啦冒起一股清香，小柴河妈担过烟袋杆子，吧嗒一声吸一口瘪瘪嘴巴，一缕袅袅的烟草香味儿弥漫开。黑龙江亚布力黄烟叶子曾经与关东的大豆、木材等齐名天下，属于清朝皇室的贡品之一。小柴河的母亲还有一种绝技，啐的唾沫飞出六七尺远的地上，其他老太太可望不可即。

烟袋油子是驱赶蚊虫的灵丹妙药，镇里有谁上山下地就讨来一些，抹在脸上或者腿上或者胳膊上，蚊虫或者长虫都不敢近前。烟袋杆子里都有烟袋油子，讨要富贵人家的东西图喜庆。

小柴河不敢把小喜儿的要求和母亲说，但是消息就像冬季的西北风，刀子一样割伤小柴河七大姑八大姨的心。韩家准儿媳要和老太太较量烟袋杆子呢。如果不是小柴河非小喜儿不娶，把小喜儿当作宝贝似的爱护着，早用闲言碎语把小喜儿撕成碎片了。韩家亲戚都是有田、有铺、有钱的主儿，平素相互捧场相互帮衬烘托，哪个受过这等委屈和挑战，相约要到现场给老太太呐喊助威，不能让唱蹦蹦的毛头丫头占上风，否则日后老太太还有啥声望呢，咋还能在韩家发号施令呢。维护老太太的体面，更是维护老辈人的地位。

小柴河的女性亲属都被动员起来了，原本不想来的都要凑个热闹，不走动的亲戚都要捧场壮威。手里都端着长长的烟袋杆子，烟袋杆子上坠着各式各样的荷包，有的绣着鱼、有的绣着凤、有的绣着花、有的绣着草，每个荷包都是一段故事和一段传奇。

东北姑娘和小伙子订婚相看媳妇，如果双方同意了就是过礼。小柴河的母亲成了小喜儿的婆婆，婆婆和亲戚们端坐在一起，南北大炕摆开一溜儿烟袋杆子长阵，那架势就像英雄穿越刀光剑影，娘家客都为小喜儿捏了一把汗。

小喜儿一身红色旗袍袅袅婷婷，从衣襟下取出烟荷包来，给婆婆的烟锅子装上亚布力黄烟叶子。用火石熟练地点燃烟丝，婆婆吸纳一口轻轻地吐出来，心里憋着的气也悄然烟消云散了。小喜儿点完烟笑吟吟地看着婆婆，婆婆意识到还有一道程序，婆婆要给点烟的儿媳妇装烟钱，那是沉甸甸的见面礼啊。小喜儿不卑不亢、不温不火，挨个儿给七姑八姨三叔四舅点烟，小柴河引导着介绍这是姑姑那是姨姨，那个是婶婶这个是姑奶奶。长长的烟袋杆子刚才冷若刀剑，一会儿的工夫都烟雾袅袅了。每点燃一杆烟袋都会得到一份厚重的装烟钱。

有一位姑奶奶终于忍不住了，她早想看小喜儿唱的是哪出戏。问，小喜儿，你那远近闻名的烟袋杆子呢？让长辈们开开眼界饱饱眼福。

小喜儿从衣襟里摸出一根一尺长的烟袋杆，众亲属们情不自禁扑哧乐了，那份居高临下的心理获得充分满足，原来小喜儿主动缴枪了。剑拔弩张的紧张气氛顿时化作轻烟。

晚上，小喜儿把一堆金的银的装烟钱堆到婆婆面前，老太太忽然明白了，儿媳妇有心计会过日子知道聚财呢。小柴河的母亲一下子稀罕小喜儿了。

打　树

许　仙

李正第三次被送入市人民医院抢救时,已是一盏熬干的油灯,奄奄一息。病情恶化前他曾交代过老伴儿,别再让儿女花那昂贵的医疗费了,他心里有数,自己命不久矣。但儿女是极其孝顺的,毫不犹豫地又把他送入市里最好的医院。

李正在高干病房几度昏迷。主治医生是该院副院长,他沉重地对李正的儿子李赛白道:“李书记,非常抱歉,能做的我们都做了,医院已经尽力了,您看是不是按老人家的意思回去,晚了怕……”昏迷的李正老眼潮湿,枯枝般的手死死抓住老伴儿不放。

老伴儿抹着泪,对儿女说:“你爹想回老家过年,你们就随他的心愿吧。”

李赛白和李赛红这才送父亲回家。

这天是年二十九，李赛白和李赛红回到老家就奔进奔出的，要给父亲过一个热热闹闹的年。李赛红和母亲把家里清扫干净，又准备红包、烟、酒、茶和糖果。李赛白忙着张灯结彩，门贴对联，窗贴福字，大红灯笼挂檐下，他还准备了宝烛、香、鞭炮和烟花。家里亮堂堂的，飘出煮粽子和炒瓜子的香气，乡亲们纷纷前来探望。

李正回家后神志反而清醒了，时不时地睁开眼来。李赛白和李赛红在父亲床前守了一夜，见父亲病情平稳，也松了一口气。

第二天上午，李赛白的妻子带着孩子，李赛红的丈夫带着孩子，早早地赶到乡下。家里有孩子就热闹就喜庆了。李正忽然有了精神，叫老伴儿扶他坐起身来，要看一看孙女和外孙子。瞧着孩子们跑进跑出的，李正枯槁的脸上终于露出久违的笑容。

他握着老伴儿的手，老眼蒙眬起来，老伴儿轻轻地替他念叨："在家好，在家好。"

下午，李赛红和嫂子下厨，准备了一顿丰富的年夜饭。大家把饭桌移到父亲的床前，让李正靠在床上吃饭。见父亲精神好，大家也开心，有说有笑的，一个个向父亲敬酒，祝他长命百岁。李正居然喝了一杯酒，还吃了半碗饭，脸红扑扑的。他累了，躺了下去。但他面带微笑望着大家，有了神色的眼睛扫视着一个个家人。

吃过年夜饭，孩子们出去放鞭炮、放烟花，卧室的窗口忽明忽暗的，红红绿绿的，非常好看。饭桌撤走了，老伴儿和女儿、儿媳妇收拾干净后，再次回到他床前。李正伸出手来，吃力地比画着。

李赛红问母亲："爸爸说什么？"

"打树。"

"打树？"李赛红问父亲，李正点点头。

儿媳妇愣愣的，但李赛红连忙朝父亲说："好。打树。我们打树。"

打树是李家大年三十必备的传统节目。院子的围墙里种着两棵树，一棵梨树，一棵桃树，分别是李赛白和李赛红出生那天李正种的，如今已有四十岁和三十八岁了，是方圆数里两棵最大的树，令乡亲们羡慕不已。乡亲们但凡教育起后代来，必以李家儿女为榜样。

李赛白和李赛红自有记忆起，每年吃过年夜饭，父亲就操起门闩，李赛白便自觉地躲在自己的梨树后，李赛红也学哥哥的样儿，躲在自己的桃树后。

李正借着几分酒力，先打梨树，边打边问："来年能多开花多结果？"

李赛白就在树后应："来年多开花多结果。"

李正又边打边问："决不开谎花？"

李赛白又答："决不开谎花！"

轮到桃树，也是这番打问与应答。小时候李赛白和李赛红只觉得好玩有趣，树又不是人，父亲这么做，难道它来年就真的多开花多结果了？就决不开谎花了？

后来，李赛白和李赛红都大了，大学毕业，参加工作，回家过年，李正依旧热衷于打树，让两个成年人躲在树后，他边打边问："来年开红花结红果？"

李赛白就问："我是梨树，怎么开红花结红果呢？"

李正醉醺醺地说："我怎么问你就怎么答！来年开红花结红果？"

李赛白就应："来年开红花结红果。"

李正又边打边问："决不开黑花结黑果？"

李赛白又答："决不开黑花结黑果！"

再后来，李赛白升职了，当官了；李赛红从商了，发达了。他们回家过年，李正还是热衷于打树，让两人躲在树后，边打边问："来年开白花结善果？"

李赛红就问："我是桃树，怎么开白花结善果呢？"

李正醉醺醺地说："我怎么问你就怎么答！来年开白花结善果？"

李赛红就应："来年开白花结善果。"

李正又边打边问："决不开毒花结恶果？"

李赛红又答："决不开毒花结恶果！"

村里的孩子们都想亲眼看看打树是怎么回事，好奇新鲜，吵吵闹闹的，院子可热闹了。

李赛红将门闩交给哥哥李赛白，自己拉着侄女躲在梨树后，李赛白边打边问："来年多开花多结果？"

李赛红就教侄女应："来年多开花多结果。"

李赛白又边打边问："决不开谎花？"

她又答："决不开谎花！"

接着是李赛红打树，李赛白拉着外甥躲在桃树后……

卧室里，李正笑微微地望着窗外，慢慢地合上了眼睛。

你的手擦得我下巴生疼

江泽涵

从记事那天起,他的生命里只有父亲,他几次哭着问,为什么别的同学都是父母一起去开家长会?父亲擦了一把他的小脸,说母亲在他很小的时候就去世了。

他接受了这个事实。偶尔能听到父亲说起母亲的贤惠和善良。

父亲的脾气很不好,从田里回来就抽烟,抽完才做饭,睡前还要喝烧刀子。他最厌恶那股烟酒味,这时说话就会难听。父亲听烦了,就骂人。他顶嘴,父亲就打他。父子间的沟壑也就筑起来了。

他开始逃课,不是在镇上的网吧就是和一群不读书的朋友到县城玩。班主任状告到田间,父亲酱紫了脸,一抛锄头,咬着牙:“找到了决饶不了你。”

一旦找到了,什么话也不说,只说回家再说。回到家,什么都不说,操起笤帚就抽。下手很凶,背上、腿上都布满了密密麻麻的血痕。

他的脾气跟父亲一样犟,越打越不肯屈服,父子之战经常要邻居大伯过来才罢休。也到这时他才掉泪:“我要妈,我妈还在的话,我就不会像现在这样浑蛋了……”

有一次他赌气,说不去上学了,中考也不参加了。说得出,也真做到了。对于这种对抗他很得意,而父亲却一病一个月。这年他十六岁。他一个人到城里打工,三天就累趴下了。东摸西混,就是不回家,叫村人捎信回去:“老子离开了你,照样活得好好的!”

有一晚,他感到胃在颤抖,他试图在一家糕饼店顺手牵羊,竟被逮个正着。他十分知好歹,赔不是说肚子实在饿极了。店主要他父亲来领回去。他狠狠心说自己没有父亲。若不是老板心善,早送派出所了,后来老板还送了他两块饼。

几天后,他仍心有余悸。在外头混不下去,也没脸回家,但双脚却踏上了回家的旅程。

夜,无边无际。一颗心一路颤着,不知多久才到了村口,路灯的光很微弱,但足够照亮他的心。迎面晃动着一颗红星儿——是烟头儿。近了。这身影太熟悉了。想掉头,可身子不听话。

“兔崽子!”父亲也认出了他,手上的包往地上猛一掷,赶上两步,扬起的手就要落下来,却在半空止住了。“回家吧。”父亲深深吐了一口气,似乎憋藏了多年。

他不动,回去也得挨打:“你先打完吧!”父亲拾起包,也不多说,径自回家。他怯怯跟了上去。父亲本来要去哪里?

一到家,邻居大伯就端来热乎乎的饭菜,叫爷儿俩吃了再说。大伯看着他长大的,看到他这副狼狈相,也隐隐心疼,告诉他父亲每晚从田里回来,都会先到村口张望,好几次夜里喝醉了还转到村口。风一吹,着了凉,得咳上好几天。

“昨天听一个从县城回来的村人说,你在外……差点给送到派出所。你爸狠了心,说不找到你绝不回来,回来后,再也不打你了。”

屋内无风,灯光微微摇曳。父亲的两块颧骨更显眼了。

父亲叫他先吃,自己去烧洗澡水。绕向灶后的身影,不像以前那么宽阔了,行动还有些迟缓。他扒饭时,没有抬起脸,噙着泪,忍着,也不让嗓门发哽。

邻居大伯叹了一声:“你爸不容易啊。我还要告诉你一件事,其实你妈……”

“老哥……”父亲霍地跳起,脚没站稳,倒在墙上,滑了下去。

“十六七岁了,该让孩子知道了,对他对你应该都是件好事。你妈是过不了苦日子,抛下你们爷儿俩一个人走的。你爸瞒着,说至少还能留个念想儿。”他的嗓子沉得紧,再也没有忍住,眼泪掉下来,哭声也响了起来……

他泡完澡,倒床就睡。父亲叫他安心睡,明天要早起,一块儿到县城,跟糕饼店老板道歉道谢。他鼓足勇气点点头。父亲转身离去,他感到父亲的背影又宽阔了许多……

迷糊中,他眼皮子重得打不开,右腮帮子感到有东西在掖被子,那是一只手,父亲粗糙笨拙的手,糙得他下巴都生疼了。他假装睡着,眼泪却从眼角落了下来……

月亮的情人

徐常愉

爹和娘操劳了一生,也争吵了一生。一生劳作在乡间的爹娘似乎一直都在用争吵来排解内心的苦闷和乏味。我已经无从整理爹娘争吵的原因,它们就像身后的脚印一样杂乱而琐碎。但我清晰地记得一直以来自己对爹娘争吵的束手无策,因此,我的心里总装着沉甸甸的愧疚。

这种疼痛在中秋节前夕,又在我的心头生起。我在给娘打的电话里得知,最近爹娘又吵了起来。娘没有向我诉说争吵的原因,却着重提了争吵的后果——爹在跟娘争吵后,竟卷起自己的铺盖卷搬到山上果园里的窝棚里去住了。而此时,娘的诉说中全然没有了争吵的气愤,只有对爹倔强脾气的无奈。想起已近七旬的爹娘心情不畅,心里不禁一阵酸楚。

中秋节放假,回老家。

老娘接我到村口,见了我,脸上聚集起那苍老而熟悉的笑容。待我走到她跟前,她颤抖的右手情不自禁地向我的头伸过来。待我明白她的用意,低下头时,娘却又把手收了回去。大概是她突然意识到我已经长大,再用那样的爱抚方式有些不妥了。娘牢牢地牵住我的手,把我向家的方向领去。一路走来,娘向我絮叨了一路,无非是絮叨一些鸡毛蒜皮的小事。却由于她思维的不畅,许多话重复了好几遍。我一直在叮嘱自己必须有足够的耐心,我想天下所有的娘都是这样絮叨的,作为儿子我必须对这样的絮叨予以足够的尊重。

可是,爹的耐心经得住漫长岁月的考验吗?他可是与娘在一起时间最长的人啊!这是我一边听着娘的絮叨,一边偷偷地想的问题。

到了家,娘仍然津津有味地絮叨着,似乎是终于找到了诉说的对象,不过足瘾是决不肯罢休的。不过,我不得不打断娘的话了。因为我始终还没见到我爹呢!我问娘,我爹呢?娘一副不情愿的样子道,果园呢。我对娘说,我去果园看看我爹。娘瞅了瞅挂钟拦住我说,甭去,那老东西快回来吃饭了。哦?我疑惑地瞅了瞅娘。娘嗔怪道,那个老东西除了跟我怄气,什么也不耽误,一顿饭也落不下!我听了,长舒了一口气,看来爹并没有真跟娘怄气。

果然,不一会儿,爹回来了。爹嘴里咬着烟斗,背着手,直冲冲地进屋,路过在外屋做饭的娘的身边,却瞅也没瞅娘一眼。我微笑着迎上去,他也是板着脸嗯了一声而已,然后,上炕倚着窗台只顾抽烟。

怎样打破这尴尬的局面呢?我一筹莫展。必须承认,在调节爹娘关系这个环节上,我是个蹩脚的儿子。

晚饭是沉闷的。我几经努力想打破沉闷,都无效果。而且,一直滔滔不绝的娘,此时,也没了絮叨的兴趣。

爹吃饭很快,吃完了,点着烟斗,便慢悠悠地出门去了。我企图唤回爹,可无济于事。眼睁睁看着爹出了大门口朝果园的方向走去。娘大概是心疼我的失望,竟又来了气,嗫嚅着骂道,老东西,爱死哪死哪去,甭管他!

我回过头来劝娘说话别太刻薄。没想到,把娘的眼泪劝了出来。娘竟委屈地说,我看那老东西是变心了,嫌我老了,不中用了,瞧不上我了……

我一怔，心想，娘怎么会有这样的想法呢？爹要变心干吗要等到现在呢？记得我读初中的时候，对感情的事懵懵懂懂地知道了一些，便对爹娘的感情担心了许久。总担心爹娘会吵着吵着，矛盾激化，走到离婚的地步。然而，随着年龄的增长，我开始佩服起爹娘来，看着身边朝聚夕散的年轻人，总觉得爹娘很了不起。

看着娘伤心的样子，我知道，无论如何，我都得赶紧把爹从果园劝回来。

秋月已经挂上了树梢，月华伴着晶莹的露珠洒下来。夜有些凉了。走进果园，看见满树的红富士好像姑娘羞红的脸蛋儿，一股暖流立刻从心中流过。闭上眼睛嗅一嗅那醉人的芳香，我贪婪地不愿意挪动脚步。

终于还是强迫自己睁开了眼，我把目光挪开，正要往前走，突然看见了爹。开始，我不相信自己的眼睛，待我停下来仔细一看——那确实是我爹。

爹并没有在窝棚里，而是仰躺在外面的山坡上。而且——爹是赤裸裸地躺在山坡上。我又揉了揉自己的眼睛，却仍然否认不了爹那熟悉的身形。我悄悄地走近爹，爹一点儿察觉都没有。于是，我又看见了爹微闭着双眼，满脸洋溢着温情和幸福。同时，爹的双手紧紧环绕在胸前，好像在与谁拥抱着。而在爹的上面，只有天空，天空中挂着一弯娇媚的弦月。

一时间，我顿住了，不知所措，心里开始重复娘的话。难道爹真的变心了？然而，纵然是爹真的变了心，我又能如何呢？看得出，爹是把月亮当作了自己的情人。或许爹不知道“情人”这个角色，但我想，他一定从月亮那里得到了久违的温馨、体贴和理解。而这其中是否蕴含着几多无奈和辛酸呢……

我脚步轻轻地离开了果园。

到了家，我对娘说，娘，你去做月亮的情人吧。娘听了我的话，愣住了。看着娘茫然的眼神，我快速思考着该怎样将我跟娘的谈话继续下去……

冯老汉的儿子

石　鸣

冯老汉有三个儿子，大冯、二冯和小冯。三个儿子的母亲在生小冯的时候难产死了，冯老汉一人既当爹又当妈，辛辛苦苦拉扯着三个孩子。光阴似箭，岁月如梭，转眼间，小冯也要上小学了。一天，冯老汉将三个儿子拉在一处对他们说，别人家的孩子有爹又有妈，就好比一间房子有门又有窗，但你们现在只有爹没有妈，就好比一间房子只剩下了门没有了窗，所以你们兄弟三人一定要抱作一团，互相照顾，才不会让人欺负轻瞧。冯老汉说完，小冯指着自家屋子的窗户对冯老汉说，爹，咱的房子也有窗。冯老汉摸摸小冯的头说，是，咱的房子也有窗，但爹说的窗不是这个窗。别人家的孩子有爹又有妈，就好比门和窗都是好的，但你们现在只有爹没有妈，窗户就只是一个空落落的洞，风风雨雨的都会刮进来，这地方咱又没亲戚，啥都得靠自己，所以你们一定要抱作一团，互相照顾，才能健康长大，明白了吧？

大冯、二冯和小冯使劲儿点头，记住了父亲的话。

兄弟三人做得很好。冯老汉在县运输队工作，有时候跑长途，要两三天才能走个来回，冯老汉就把钱拿给大冯，早上大冯就把豆浆、油条买回家，同二冯、小冯一道吃了，然后一起去上学。中午和晚上，大冯领着二冯、小冯一道去街口的面馆，一人要一碗素面，吃完了，再领着二冯和小冯回家做功课。冯老汉拿给大冯的钱，通常有一顿是可以吃炸酱面的，大冯同二冯、小冯商量，全部吃素面，省下的钱去买水果糖。省下的钱能买十粒水果糖，兄弟三人一人分三粒，剩下一粒，留给冯老汉。冯老汉回家了，兄弟三人将水果糖递上去。冯老汉剥了糖纸，笑眯眯地吃。大冯看见爹的脸高兴得像棉袄褶子，摸摸口袋里还剩下的一粒糖，掏出来又递给了冯老汉。二冯摸摸口袋，也还有一粒糖，掏出来也递给了冯老汉。小冯摸摸口袋，也有一粒糖，掏出来也递给了冯老汉。冯老汉看着手心里的三粒糖，高兴得一张脸就像堆了三件棉袄。冯老汉没有将糖放进自己的口袋里，他摊开手掌，将大冯给他的糖给了二冯，二冯给他的糖给了小冯，小冯给他的糖给了大冯。冯老汉对三个儿子说，爹真是高兴啊！就是要这样互相惦记着。兄弟三人将糖剥开放进嘴里，使劲儿点头，一股甜丝丝的小溪流顺着喉咙愉快地流进了兄弟三人小小的身体内。

转眼新年到了，冯老汉带回单位分的一小筐橘子来。冯老汉挑出一些好的留下春节走亲戚，剩下的兄弟三人一人分四个。大冯拿了自己的四个，挑出两个，一个给二冯，一个给小冯；二冯拿了自己的四个，挑出两个，一个给大冯，一个给小冯；小冯拿了自己的四个，挑出两个，一个给大冯，一个给二冯。兄弟三人看看自己面前的四个橘子，又看看兄弟面前的四个橘子，呵呵哈哈，开心地笑了起来。冯老汉看在眼里，宽慰在心里，感到周身都温暖无比。冯老汉想，兄弟三人能这么互相体贴着，他就是死了，也不会有什么牵挂了。也真不该这么想的。这么想了后几个月，冯老汉跑长途时果真就出事了。车子夜里滚下了山坡，等人发现时，冯老汉已经卡在驾驶座上静静地离去了。唉，世间事，谁说得清呢？运输队的人平时看见冯老汉的三个儿子都那么懂事，没少羡慕冯老汉以后能潇潇洒洒享清福，可是谁会想到他就这么掉下山谷去了呢？

冯老汉死了，这个家就门和窗都没有了。大冯将二冯和小冯拉在一处，对二冯和小冯说，咱现在没有门也没有窗了，爹的话你们都还记着吧？二冯和小冯使劲儿点头。二冯和小冯说，咱们要抱作一团。兄弟三人抱作一团，没门没窗的日子流水一般过去，果真谁也没有冻坏。

兄弟三人长大了，很快都有了工作，很快又都有了家庭，很快又都有了孩子。虽然没住在一块儿，但像多年来一直所做的那样，兄弟三人依旧互相惦记，互相照顾，有了困难齐心解决，有了东西从不独享。日子继续如流水一般过去，一晃，小冯的孩子也到了上学的年龄了。找学校，报名，麻烦的事一一做了，一切都顺顺当当的，不料在开学前两天，却发生了一件让人意想不到的事。

事情是由孩子引起的。具体说，是由孩子的文具盒引起的。因为三个孩子都上学了，所以这一年大冯、二冯和小冯给孩子买文具盒的时候，都买了三个。三人买的文具盒互不相同，但每人买的三个却图案、样式一样，里面装的东西也一样。大冯、二冯和小冯希望孩子们能像他们小时候分橘子那样，将文具盒互相送出去。但是当孩子们各自拿到三个一模一样的文具盒后，先是对父亲买三个一模一样的文具盒表示了不解，接着又对要将文具盒在他们三人之间送来送去表示了不解和不情愿。三个孩子一致表示不愿意用和别人一模一样的文具盒，所以也就不愿意将自己手中的另两个文具盒送出去。他们将文具盒抱在怀里，对父亲的暗示和提醒充耳不闻。

大冯、二冯和小冯于是就给孩子们讲了以前他们互相给橘子的事，但是让他们吃惊的是，孩子们并没有对他们的故事产生兴趣，而是发出了疑问和嘲笑。大冯的孩子说，你们起先每人四个橘子，给来给去后，每人还是四个橘子，等于是啥都没做，还扬扬自得了。二冯和小冯的孩子就跟着说，啥都没做还扬扬自得了。三个孩子说完，呵呵哈哈，开心地笑了起来。大冯、二冯和小冯目瞪口呆，好一阵才对着自己的孩子吼，你瞎说啥呢！

三个孩子的母亲就都说话了，吼什么吼？孩子说的也没错呀。开始是四个橘子，最后也是四个橘子，没变多没变少，你倒说说有什么不同？还有些话她们也想说，比如平常互相送东西，大家又不是一个模子倒出来的，哪可能口味都相同？有些东西送来,不合自己的意;送给别人的东西,也不一定合他们的意,那又何苦再送来送去的呢?东西放在家里不用,既浪费钱又占地方,有什么意义?但她们没把这些话说出来,孩子就要上学了,让孩子高兴才是要事。所以她们说,算了算了,孩子不喜欢换就别换了,反正换来换去也是一样的。还不如带他们上街去,让他们自己挑,自己看中了哪个,就买哪个。

三个妈妈领着三个孩子高高兴兴上街去了,留下大冯、二冯和小冯坐在屋子里抽烟。三个人默默无语,都在想着刚才孩子和自家女人的话。他们都觉得这些话有一点儿道理,但又都觉得这些话里缺了一点儿什么东西。烟抽完了,兄弟三人都在心中说,是啊,给来给去后东西是一样多,可要是不那么给一圈,我们又怎能顺顺当当走到现在呢?

相随一生的爱情

韦延才

奶奶就要走了。

我们看见奶奶的眼里充满幸福。她的两眼绽放着灿灿的光,我们知道这叫回光返照。她深情地看着她牵手一生的丈夫,也就是我们的爷爷。爷爷用他丈量了八十个春秋的近似干枯的手拉着奶奶的手,像要把奶奶从死神的手里拉回,把他和奶奶的爱情拉扯到海枯石烂。

但是,谁也没有这种超人的力量。爷爷没有,奶奶没有,我们做子孙的也没有。我们能够做到的,就是装出一切都平安无事的样子,用平和的目光告诉奶奶,我们爱她,我们都在默默地传递给她活着的能量。

奶奶看了我们一眼。我们看到,奶奶看我们的时候,她的嘴上挂着微笑,这说明她对我们已经没有什么放心不下的了。奶奶又深情地看着爷爷,然后款款地说道:“谢谢你!”

我们知道,这是奶奶发自肺腑的话语。爷爷听了,眼里滚下了两颗晶莹的泪珠,他一定是激动万分。许久,爷爷才缓缓地说:“我辜负了你,没能让你过上好日子。”

爷爷确实是辜负了奶奶。爷爷和奶奶的爱情是有过一段耻辱的,对于那段耻辱我们一直都在刻意地回避,那到底是一段不光彩的往事。爷爷说这句话,一定是对他过去的那次事件进行深深的忏悔。

我们是从坊间隐隐约约知道爷爷和奶奶的那段往事的。

爷爷一直都很爱奶奶,这是我们看到的事实。我们看不到的,只有从别人口里断断续续地获得了。

那时候,爷爷已经二十岁了。二十岁的爷爷对奶奶的爱慕之心已经萌生了整整五年,也就是说,十五岁的爷爷已经爱上了奶奶。

奶奶比爷爷小一岁,在爷爷对奶奶动念头时,奶奶才十四岁,但十四岁的年龄一点也阻止不了奶奶成为村里长得最标致的姑娘。奶奶盘着一头乌黑的秀发,发髻上插着一根挂着三个小珠子的银钗。奶奶长得亭亭玉立,从后面一看就知道她的脸蛋儿有多美丽。奶奶的美丽爷爷是无法形容的,爷爷只读了两年的私塾,没懂得几个形容词。每次看到奶奶,爷爷都会有好几个晚上睡不好觉。由此可见爷爷对奶奶是多么着迷。

爷爷很小就成了村里地主的看牛娃,一大早就赶着一群牛往山里去,自从发现了奶奶后,爷爷的牛群总爱在奶奶家后边的山上盘旋。把牛赶到山上,爷爷就或蹲或站在离奶奶家后边不远的地方,有时候爬到树上,眼睛一眨不眨地往奶奶家里眺望。这样的眺望并不能使他次次都看到奶奶,但这样的眺望总是有着无穷的魔力。有几次,爷爷看到村里村外的媒人往奶奶的家里去,这让爷爷很伤心。

爷爷也想叫村里的媒人三姑去奶奶的家里提亲,可这个念头只是动了动就没了踪影,因为家里实在是太穷了。眼看着奶奶长得越发迷人,爷爷的心更乱更焦急了。爷爷还是像往常那样把牛赶到奶奶家屋后的山上,然后爬到树上往奶奶家里瞧,一会儿就看见奶奶提着一桶衣服往山边的小溪去洗衣。爷爷就爬下树,悄悄地跟了过去。

后面的事情是我们最不愿意去说的。人们在说的时候也都加进了猜测的成分,说法也各不相同,但有一点却是相同的:爷爷在小溪边的树林里把奶奶给办了。

奶奶在挣脱控制后,哭哭啼啼回到了家里。很快爷爷就被人们从树林里揪了出来。人们是准备把爷爷沉到河里的,可是奶奶在那里也哭得死去活来,她也不想活了。

面对两条人命,人们一时不知如何是好。爷爷恳求说,让他娶了奶奶吧,他一定好好对奶奶,让奶奶过上好日子。就这样,爷爷娶了奶奶。

如果不是那个事件,奶奶将嫁到村外的一个富有人家去,奶奶的日子就不是爷爷的那个日子了。

对爷爷的忏悔,奶奶吃力地摇了摇头。是啊,几十年的携手相牵,奶奶已经没有了泪和恨,她和爷爷已经融到一起了。

奶奶的目光那样深情地看着爷爷,她和爷爷对视着,慢慢地,我们看见奶奶的目光变得黯淡起来,我们的心不由突突地跳着,害怕那个时刻的突然降临。

奶奶拉着爷爷的手动了动,那是一种爱的相握。奶奶的眼里不知什么时候涌上了泪水,她又看了我们一眼,然后盯着爷爷缓缓地说:“谢谢你,我知道那个人不是你,这一生,苦了你了。”

奶奶说完,幸福地闭上了眼睛。我们看见爷爷的嘴哆嗦着,两颗豆大的泪滴从爷爷的眼里夺眶而出。

我们看着爷爷,眼睛也一片潮湿。

父亲是秋天的镰

胥得意

秋生是半夜下的车。下车后，他径自打了一辆三轮车往家回。

家乡的路还是没人修，坐在车厢里，行走在黑黢黢的夜里，如同坐着汽艇在风尖浪谷里颠，弄得秋生有些不知东南西北。

秋生不敢再坐在车座上，半蹲着，努力地用眼睛辨认着车外的路。原本三五里的路，颠起来让秋生觉得太遥远了。

秋生在心里开始犯愁，这样的路可怎么往回拉庄稼呀？

秋生离开家转眼已有十年了。这十年当中看望父母虽说回来过几次，可没有一次赶上收秋。这回，他是把假期左赶右赶，才赶上收秋的。父母的年纪实在是大了,不帮他们把庄稼收回来,秋生夜里做梦都不踏实。

回来之前,秋生特地买了几副手套。他知道收秋对手的损伤是很大的。父母在地里干活,从来都不戴手套,他们说戴了那东西干起活来碍事。

秋生知道他们其实是心疼买手套的钱。父亲曾和别人说过,真的要干起活,两天就要坏掉一副手套,而一副手套要花一元钱呢。

秋生听父亲和人家说这话时,心里有些堵得慌,像是压了一块石头。

这次回来,秋生事先没敢告诉父母。他们要是知道了,定不肯让他回来的。父母说,在城里谋个事不容易,不能说请假就请假。对待工作要像对待土地一样,只有你肯出力,才有收成呢。

三轮车停在了离秋生家不远的路上。剩下的那几十米路除了家里的驴车,什么机动车也上不去的。

秋生敲家里的大门。仅是两声,屋里的灯就睁开了眼,从木窗格里散出几缕暗黄的光。

母亲的身影映在窗格上。苍老的声音从屋里传出来,谁呀?

我。秋生答。

秋生的话音刚落,就见门灯、院灯唰地一下全亮了。父亲披着衣趿着鞋从屋里急着步子奔过来。一边奔还一边埋怨,回来咋不告诉一声呢?我好赶驴车接你去。

秋生躺在自家的大炕上,听着父母兴奋地讲着年头。秋生知道,今年收秋指定是要很忙的了。直到秋生要迷迷糊糊睡了,他还听见父亲在说,今年可是谷雨就下雨了。

鸡叫了。叫得很悠扬,也让秋生很烦。坐了半宿的车乏得很,又刚是睡上三两个点儿,正困着呢。秋生在肚子里骂了公鸡一声。

鸡叫过一遍不叫了。秋生还在梦中就听到院子里嚓嚓的声音。

秋生闭着眼,在半醒中叫,妈——妈——

没人应。秋生又叫,爸——爸——

还是没人应。秋生一骨碌爬起来,透过窗看见父亲正在石头上磨着镰刀。

秋生急忙穿好母亲夜里给他备好的旧衣裳,脸也没洗跑到了院中。

母亲已经套好了驴车。大门也敞开了。

公鸡再一次叫了起来,把整个村子里的公鸡都引得兴奋不已。

秋生坐上驴车时还有些没睡醒,车慢慢地一颠儿,他又要睡了。眼睛半睁半闭中,他看见父亲手中的鞭子像是蛇一样垂在毛驴的头颅上方。

父亲不停地夸赞着见到的每一片庄稼。

父亲没有吆喝一声毛驴,毛驴已经把父亲和秋生拉到了一片地里。秋生从车上跳下的一瞬间,竟想起了一位诗人朋友写在书扉页上的话:风吹哪页读哪页。

父亲是不是“驴拉到哪儿收到哪儿”呢?

太阳露出了头,母亲挎着篮子送饭来了。

秋生吃饭时手疼得抓不住筷子。

母亲问,疼吗?

秋生不吱声,低头吃。

干习惯就好了。父亲替他答。

秋生想想也是,干习惯就好了。秋生想这些话时,手上已经磨出了三个血泡,其中一个已经破了。

吃过饭,再接着收。父亲在吃饭时已不止一次地说“三秋不如一春忙”了。

再劳动时,家族里一个在生产队当过队长的爷爷从地头走过,看见秋生在地里忙活,对父亲喊,你们家秋生真是个热爱劳动的好孩子呀。

秋生装作没听见,继续割着谷子。那个时候他的腰疼得已直不起来了。

秋生的兜里装着一副崭新的手套,他没戴。只是不停地掏出来擦手上被刀把磨出的血。

秋生在喘气的空儿偷偷地看父亲。父亲弓在谷地里的身子像一把弯弯的镰刀。

毛驴打了一个响鼻,一下把太阳喷到了秋生和父亲头顶。

朗读的心

亦　农

几乎整个冬季，每天晚上我都做同一件事情。

“可以开始吗？”我问。

“可以了。”外婆准备就绪，半躺在床上微闭双目。

于是，我摊开书有声有色地朗读起来。那个冬天我想尽自己最大所能帮助外婆，让她在幸福与快乐中渡过难关。

“妈妈，我很小的时候，外婆最疼我，是吗？”

“当然。不疼你疼谁？”妈妈忙着扎鸡笼，黄鼠狼偷走了村里五六只鸡。

“那么，当外婆需要时，我应尽力帮助她，对吗？”外婆卧病在床，读小学三年级的我，像所有个性极强又富有爱心的孩子一样。

“当然！”妈妈看着我，“小恒，你什么意思？”

“我是说,我可不可以不去学校？与外婆在一起,我们会很快乐。”

“啊？又在打歪主意!”妈妈拎起一根木棍——只要愿意,她总能顺手找到木棍——指着院门喊,“快上学去,再逃课我打断你的腿。”

与妈妈谈判失败,我懊丧了几天。一切又恢复老样子,每天吃过早饭,我不得不背起书包去学校,听班主任兼语文老师“四眼”讲课。四眼是一个五十多岁的瘦高老头,戴着老花镜,看人时眼珠往上翻,低着头从镜架框上望过来,令你浑身每个毛孔都不舒服,我私下不怀好意地叫他“四眼”。

我讨厌学校,讨厌四眼,讨厌那些像苍蝇似的文字。我总是把语文书放在书包最里面,以免看见它影响心情。我喜欢独自到田野,那高高的蓝天、一望无际的碧绿庄稼令我陶醉。很小的时候我病了,外婆会抱着我到小河边,看那在水里自由自在游戏的小鱼。现在,外婆孤单地躺在病床上,我却无能为力。

几天以后,我和妈妈之间又发生了冲突。

“我不想上学,只想和外婆在一起。”

妈妈气急败坏,把那张令我尴尬的三十六分的语文试卷扔在地上:“瞧瞧,还有脸让我签字？考这样的成绩也不害臊!”

“我讨厌四眼,我讨厌读书!”我歇斯底里地跳着大叫。我仿佛看见四眼幸灾乐祸的模样。他让我把考卷交给妈妈,不就是希望我吃一顿皮肉之苦吗？这个阴险得比汉奸还汉奸的家伙,我该诅咒他喝口凉水被噎死。

还是外婆最疼我。她把我揽在怀里,说了许多安慰的话。我逐渐平静下来。外婆忽然轻轻地问:“你真的想帮助外婆？”

我使劲儿点点头。外婆说:“好吧,我最喜欢听小恒读书,读老师讲的那些有趣的文章!”这我从未想到过。从前外婆最喜欢我扮成一名解放军,头上戴着柳条编的帽子,腰插手枪,高唱:“雄赳赳气昂昂,跨过鸭绿江……”虽然恨死了四眼,恨死了语文,但我不能拒绝外婆的请求。有史以来,我第一次郑重地打开语文书——那本已经破烂不堪,像卫生纸一样卷在一起的书。但是,麻烦很快就来了,一连几个字我都不认识。听得津津有味的外婆睁开眼睛,问:“怎么不读了？”

“我,我——”我的脸肯定涨得像紫茄子。

“如果不愿意读,外婆就不难为你了。”

“不,不——”我差点儿急出眼泪。我无法开口承认自己不认识字。那天晚上,我平生第一次感到羞愧。虽然妈妈此前无数次因为我不安心学习而责骂我甚至揪痛我的耳朵,可这次不同,生病的外婆需要我,而我却不能满足她。

第二天,我破天荒地主动敲开四眼的门,希望他能告诉我那几个陌生字的正确读音。出乎我的意料,四眼异常热情地接待了我。在我告辞的时候,他还亲切地抚着我的肩说:“小恒,很高兴你来。”其实,四眼并不像我想象的那么可恶。

以后几天,我不得不天天去找四眼。因为每天晚上,我都要遇到几个陌生的字词。在又一次回答完我的问题后,四眼慎重地询问我这样做的原因,他不明白一向对书本深恶痛绝的学生,为什么忽然对读书产生了如此兴趣。虽然不太情愿,我还是把一切说了出来。

“向你的外婆问好,她很伟大!”四眼扶镜架的手在微微颤抖,看得出他有些激动。“这样吧,我教你一个识字的办法!”四眼从书架上取出一本字典。就在那个阳光灿烂的下午,四眼教会了我如何查字典。临走的时候,四眼打算把那本字典送给我,我谢绝了。爸爸在我八岁生日的那天,曾经送给我一本《新华字典》做礼物。为此,我有将近一天不理睬爸爸。当时,我热切希望得到一支会嗒嗒作响的冲锋枪。

回到家,我一头扎进床底下,从一大堆乱七八糟的玩具和小人书中,寻找那本字典。然而,我翻得天昏地暗也不见字典的踪影。

“小恒,你在干什么?衣服又弄脏了!”

我仍撅着屁股埋头寻觅。“问你呢,小恒!”妈妈一把将我从床底下揪出来。

“《新华字典》,爸爸去年送给我的生日礼物。”

“你不是拿它做小狗的枕头了吗?”

“天啊!”我冲到狗窝前,可怜的字典还躺在那里。我很庆幸它没有被小狗当烙饼咬碎。

奇迹在不知不觉中发生。我发现那本破旧的语文书并不太令人讨厌,里面有动听的故事、优美的诗歌。我开始愉快地上学,认真听课。四眼提问时,我不再缩肩藏头担心他点到我的名字,我也有机会在课堂上神气地朗读课文了。

每天晚上,做完家庭作业后,我就拿着书坐在外婆的床边说:“可以开始吗?”

“可以了！”外婆笑眯眯地回答。

我已经能够准确无误地朗读那些文章，甚至还可以有声有色地把它们背诵下来。期中考试，我的成绩一跃成为全班第一，我被评选为“三好学生”。四眼，不，谭老师亲自把奖状颁发给我。当我把烫金的奖状双手呈给外婆时，她高兴得掉下眼泪，不断说着：“太好了，太好了！”

也许，朗读的确给病中的外婆带去了幸福和快乐，但真正受益的却是我。它使我从此畅游于广袤的知识海洋，并受益终生。

锄　奸

赵明宇

凤敏蹲在门槛上纳鞋底，不时地重复着一个动作：把针在头发中间钢一下，然后用力扎进鞋底，再扬起胳膊，抽动绳子，把针脚勒紧。

凤敏一边纳鞋底，一边警觉地观望着远方，侧耳细听附近的风吹草动。其实，她是在给元城县抗日大队站岗。她男人田大壮是大队长，今天在家里开会。隔着一层薄薄的门板，能听到田大壮的声音，让大家一起想办法，如何除掉汉奸臭火。

臭火曾经是田大壮的朋友，抗日大队的队员。前些天，臭火被元城的皇协军抓去，经不住拷打就叛变了，带着二狗子抓捕元城城里的抗日队员。为了避免更大的牺牲，田大壮专门召集这次锄奸会议。

凤敏隔着门缝看看屋里，一群汉子们都低着头。有个人把手里的旱烟甩掉,拍一下桌子说,俺进城去找那狗日的！下手晚了咱也保不住了。田大壮拦住他说,臭火认识你,说不定已经在城门口摆好了布袋阵,等着你去钻呢。

一听这话,那个人的脑袋耷拉下来。

凤敏绾绾手里的纳底绳子,推门进去说,锄奸的事情包在俺身上。田大壮一见,挥挥手说,你这娘儿们,出去站岗去!

凤敏瞪了田大壮一眼说,俺能除掉臭火。

大家你看我,我看你,然后问她,嫂子,你有啥办法?

凤敏说,别管啥办法,三天内保证让臭火消失。

田大壮咂吧着嘴说,臭火认识你,你可得当心。

凤敏笑笑说,你把心放到肚里吧。

凤敏曾经跟着臭火假扮夫妻给冀南军区送信,路过杨桥村,臭火指着村子口的两间瓦房说,那就是他的家。他还说他弄了好吃的,总会留下来给老娘送去。臭火是墓生,是他爹死了以后出生的,所以他对老娘很孝顺。

天黑下来,凤敏收拾一下,在腰里藏了一把枪,化装成讨饭的,直奔杨桥村。

凤敏故意惨叫一声,倒在臭火家的门口。从家里出来一个老太婆,把凤敏扶起来,搀到屋里,倒了一碗水让凤敏喝。凤敏喝了水,千恩万谢,说:"俺是从河南逃荒过来的,你如果不嫌弃,俺认你做干娘吧。"老太婆长叹一声,拿出一个窝头、一盘咸菜,看着她狼吞虎咽地吃。

在老太婆家里住下来,凤敏帮着老太婆做饭、洗衣,收拾院子。三天了,臭火还没露面。凤敏有些等不及了,问老太婆,干娘,家里没有别人了?

老太婆说,还有个儿子,在县里做事,估计今晚该回来了。

凤敏一听,心中暗喜:"今晚要杀了臭火,还要杀了你这助纣为虐纵子行凶的老妖婆。"

晚上,她躺在里屋的土炕上,闭着眼睛等待时机。街上传来几声狗叫、几声鸡鸣,却没了动静。老太婆起来了,拨亮油灯开始做饭。凤敏故意揉着眼睛问她,干娘,咋三更半夜做饭?

老太婆说,儿子要回来了,给他做面汤呢。

凤敏听了,黑暗中摸了摸腰间的手枪。

过了一阵子,果然有敲门声,她的心一阵发紧。

老太婆开了门,就听臭火说,娘,快收拾一下,跟儿子进城享福去吧。

凤敏的手捂紧了枪,心里咯噔一下,这狗汉奸还有一片孝心,倒是让她有些同情。可是一想到被臭火出卖的抗日队员正在遭受酷刑,她又一次攥紧了枪。

臭火说,娘,咱家里有生人?老太婆说,是个讨饭的河南女人,别打扰她睡觉,俺把饭给你做好了,先吃饭。臭火说,娘,咱到了元城,吃香的喝辣的,让你好好享福。老太婆微笑着说,儿啊,你也出息了,快点把面汤喝了,这可是俺连夜给你做的。

凤敏扣扳机的手迟疑了一下。看在你臭火孝心的份上,先让你这个狗汉奸多活一会儿,反正你已经死定了。

臭火说,娘,你赶快收拾一下,跟俺进城。接下来,是一阵喝面汤的声音。

凤敏正要透过门帘瞄准臭火,就听臭火一声惨叫,娘,你做的什么饭?莫不是要杀了儿子吧?

老太婆说,孩子啊,你不死,要有多少条生命去死啊!我不失去儿子,要有多少老人失去儿子啊!老太婆说完,掀开门帘,对凤敏说,闺女,我替你锄奸了。

凤敏一愣,望着倒在地上的臭火,说,干娘,你认识俺?

老太婆说,我扶你的时候,就摸到你腰里的枪了。

凤敏惊愕地望着老太婆,又叫了一声干娘。

父亲的大学

朱耀华

我终于考上了大学。那是州里最好的一所大学。

我考上了大学，自然，最高兴的是父亲和母亲。那几天，父亲都乐呵呵地合不拢嘴，整天空着一个袖管，到处晃来晃去，播放着我家的好消息。从来烟酒不沾的父亲那几天抽起了烟，也喝起了酒，偶尔还哼点儿小调儿。我知道，那都是高兴惹的。有时候，父亲呆望着远方，眼睛莫名其妙地就湿了。我知道，那也是因为高兴。

人一高兴，有时候就像个孩子。母亲也是这么说的。

父亲的右手是在一次矿难中失去的。提起那次矿难，父亲就充满了感恩。父亲说，他福大命大，要是救援稍稍慢一点儿，他这条命就没有了。和命比起来，一只胳膊显然算不了什么。

当时,我就听到轰隆一声,人好像飞了起来,然后什么也不知道了。父亲常常感叹,眉宇间除了后怕,似乎还有几分自豪,好像他是从战场上归来的将军。

那天晚上,父亲向我公开了一个他一直珍藏的秘密。父亲说,孩子,我们,以后就是校友了。

我莫名其妙地望着父亲,我想,父亲是高兴得有点儿颠三倒四了。

父亲叫母亲打开箱子。那口箱子放在衣柜顶上,平时上着锁。父亲从箱子里面拿出一个小木盒子。小木盒子里面是一块猩红的绸布。绸布打开,是一个黄色的牛皮信封。我惊奇地发现,那个信封上面印着我考中的那所大学的名字,而收信人竟然是我的父亲。

父亲从信封里拿出一张泛黄的录取通知书,轻轻地展开。父亲向我展开的是一个令人难以置信的事实:二十六年前,父亲考上了这所大学。

父亲向我讲述了下面的故事——

那时,我刚满十九岁。我考上了大学。通知书来的那天,全家都乐疯了。天哪,大学,那是多少人梦寐以求的啊。

那几天,家里就像过节一样充满了欢乐。然而,很快,家里就发愁了,那一笔学费和路费就像一块大石头沉甸甸地压在了全家人的心上。

入夜,我听到了父亲母亲的叹息声。

父亲说,该借的地方都借了,还差一大截。况且,这学期过了,下学期呢?

母亲说,无论如何,这学,也得让娃儿上啊。

这道理我懂。父亲说,又一遍一遍地重复,这道理我懂。

我心里难受起来,是啊,这道理谁都懂,可是,家里穷啊。父母都是土里刨食的农民,哪里有这一大笔钱呢?我听着,心里梗得慌。

到了白天,我上山放牛,父亲就又出门了。我知道,父亲是借钱去了。父亲去了二姨家、三姨家和姑姑家,可是,父亲回来时却是垂头丧气。接连几天晚上,我听到的全是父母的叹息。他们都以为我睡着了,其实我才没有哩。我在他们的叹息声中紧咬着嘴唇,不让自己哭出来。

有天晚上,我听到父亲说,有了,我有办法了。

我心里一动,侧耳倾听。母亲问,你有什么办法?

父亲说,把牛卖了,不就有了吗?

母亲也先是一喜,然后又伤心起来。母亲说,牛卖了,家里的田靠什么?

父亲说,再想办法呗。过了这个坎儿再说。

我的心情又沉重起来,我知道牛在我们家里的分量,牛就是我们家的一员哪。

我听到母亲轻轻地啜泣起来。我又听到父亲说,不就是一头牛吗?娃儿读了书,你还怕换不回来一头牛?

那天晚上,我没有睡着。经过深思熟虑,第二天,我对父母说,大学我不上了,我到煤矿当工人去。

那时候,煤矿正在招工人,当工人也是很光荣的。

父亲不同意。父亲说,好不容易考上了大学,怎么不去了?母亲也看着我说,这娃儿,怎么变成傻子了?

我说,爸,妈,我知道家里没有钱,我当工人就可以挣钱了。以后还有妹妹哩。妹妹读大学的时候就有钱了。

谁说没有钱?父亲瞪着我说,再说,再没有钱,你读大学的钱我还是有的。

我说,爸,家里的牛不能卖。

父亲和母亲对望了一眼。然后,父亲的眼睛红了,母亲的眼睛也红了。父亲掏出烟来,嗞嗞地吸着。半晌,父亲对我说,那是大人的事,你不用管。

我犟着说,爸,牛就是不能卖。说完,我的眼泪吧嗒吧嗒地落下来了。

父亲蹲在地上,嘴里含着烟管,望着远处。母亲捏着衣角,一会儿看看我,一会儿看看我的父亲。

那头牛还是被父亲卖了,钱给了我。我打听到买主,又揣着那笔钱去把牛赎了回来。父亲犟不过我,最后,他们默认了我的选择。

就那样,我当了煤矿工人。从那以后,我的大学梦就一直埋在了心里。我做梦都在读大学。后来,我去过那所大学,我在里面转悠了半天。很漂亮,啧啧,真的很漂亮。

父亲伸出手来,摸着我的头说,儿子,你圆了我的梦啊。

我说,爸——

父亲抬起衣袖,揩了揩我的脸。父亲说,不要哭了,儿子,你现在是大学生了。

我们家再也不用卖牛了。

我，父亲，还有母亲，我们都笑了，笑出满脸泪花。

外婆的压岁钱

万　芊

过年时,弟陪妈回了一次陈墩镇老家。

回城后,弟跟我说,这次回老家收获特大,带回了一沓外婆给的压岁钱。

我说,弟,你别胡说,外婆过世都十多年了,哪来的压岁钱?!

弟说,真的,哥,不骗你,是外婆的压岁钱,宝贝呢!

我问妈。妈说,是的,在你大舅、大姨那里找到的。

妈原原本本讲了关于外婆压岁钱的那些旧事。

下面是我妈的话。

我妈共生了我们兄妹七人。我爹原先在上海靠教画画卖画赚钱养家。我九岁那年,我爹得肺痨过世了。我爹过世后,我妈就靠变卖不多的家当和在镇上南货店帮人做事赚些钱。钱不多,我妈常为吃穿发愁。

我妈挺能干，我们兄妹的衣服大都是我妈用我爹的旧衣改的，一件长褂常常改了又改、补了又补，大的穿了小的再穿。我爹原先在上海是要出入一些体面场所的，虽说衣服旧些，可料子挺好，再加上我妈的巧手这么一拾掇，穿在我们兄妹身上，一个个显得清清爽爽，还带些洋气。

只是我妈再能干也变不出米面来，我们兄妹都在长身子，家里不多的米面煮成稀粥面糊糊，还是不够填饱肚子。我妈常常带着我们去乡下挖野菜、捞野菱、采野果，掺在稀粥面糊糊里匀着吃，她自己干脆饿着肚皮睡觉。后来，我大哥学医终于出师了，开始在乡下给人治疮疖赚些小钱贴补家用，我妈稍稍缓了口气，但还是常常发愁。

我妈喜欢读书，我妈说话与人不同，她常跟我们说"与人讲话，看人面色，意不相投，不须强说"，后来我们知道，这其实是书上的话。受我妈影响，我们兄妹都喜欢读书，在学校里，成绩都挺好。我妈过日子其实挺讲究，家境虽困窘，也从不让男孩子在人前赤膊、女孩子在人前赤脚。一年中每一个节气，都按书上老规矩过，该贴春联时贴春联，该挂艾草时挂艾草，该吃粽子时吃粽子。只是我妈裹的粽子特别小巧，谁也不舍得吃。

到了春节，我妈开始忙碌，每一天大家都会沉浸在我妈营造的过年气氛中。大年初一早上，我们都能穿到妈新改做的衣服，吃到妈蒸的南瓜糕，拿到妈隔夜包好的红包。只有这一天，我妈底气十足、财大气粗。压岁钱，每人一大包，这些压岁钱加起来，也许就是妈半个月的工钱。我妈做的红包的外皮是特别鲜艳的红纸，里面还包着大一点儿的红纸。红纸，是我妈在供销社里帮人家打扫卫生时收集起来的边角红纸。为这些红纸，我妈常义务去打扫卫生。红纸上，写满小字。我妈用我外公传下来的湖笔，写上规规整整的小楷。红纸上，我妈给每人写上压岁钱的金额。这就是我妈的压岁钱，其实是一张张红色的白条。虽说是白条，我们仍很渴望。这些白条，总让我们惊喜，因为妈在红纸上还写着好多非常精彩的评语，还盖上她自己的私章。我们拿到自己的红包，就偷偷地藏起来，没人时读读妈的评语，总会得意好长一段时间。只是我妈从来没有给我们兑现过这些白条。过了年，看着重新愁眉紧锁的妈，我们谁也不敢提压岁钱的事。

我妈取出一幅已经精心装裱的我外婆的压岁钱——红色白条，那秀美的字体和暖心的话语,真的让我眼前一亮。“这一年,姗妹表现最佳,春季挖马兰头,又多又干净。暑时人家送来西瓜,姗妹把自己的一份让给了弟和妹。一年里,姗妹受先生上门口头表扬两次。考试居全年级第一。奖姗妹压岁钱六元。”这就是我妈十六岁那年得到的压岁钱白条。

我有点儿疑惑,问我妈:“你的这些压岁钱白条怎么会在大舅、大姨那里呢?”

我妈说:“你外婆的这些压岁钱,后来大哥、大姐给兑现了。为帮妈,我大姐初中没毕业,就去乡下做了乡村小学复式班的老师,其实她功课很好。这六元,相当于当时全家一个礼拜的生活费。第二年,我考取了省城的师范大学,我就拿着大哥、大姐给兑现的六元压岁钱一直读到大学毕业。其实,除了大哥大姐,我们下面五兄妹全都以特别出色的成绩考取了不用花钱的师范大学。”

我弟说,谁也没有想到,外婆竟然传承了一手家乡早已失传的卫泾状元体,县里搞文史的专家把外婆的这些红纸条当成宝贝,取过去放在博物馆里珍藏。

我妈说,我外公是私塾先生,写一手好字。

“我妈没读过私塾,她喜欢读书,一有空就拿我外公破旧的《三字经》《弟子规》《小儿语》认字、写字。”妈感叹,“我妈是个挺要强的人。”

被风吹走的夏天

秦　俑

对我来说,那是生命中最难熬的一个夏天。

那天是高考分数线出来的日子,我没有跟家里人说实话。我说还得要几天时间呢,他们对我的话深信不疑。我的父母一大早就得去地里干农活。父亲头上的白发越来越密,他常跟我们兄弟俩说,秋天的收成怎样,就要看这一季的努力了。哥哥大我四岁多,上完初中就跟人去东莞打工,今年春节回来,承包了村里的制砖厂,经常忙得连饭都顾不上回家吃。

吃过午饭,我心神不宁地将牛牵到屋后的山坡上,选好一片青草地,将牛绳拴在树上,然后去了村子三里地外的一个食品批发部。在那里,有离我们村最近的一部公用电话。为了能在我家的牛将树周围的草吃完之前赶回来,我过去时几乎是一路小跑。但回来的时候,我完全忘了那头拴在树上的牛，我的腿里一定是灌满了铅，要不我怎么会觉得回家的路这么长？

离最低录取线差了两分。我不知道该怎样将这个消息告诉我的家人。我在村子外走走停停，停停走走，最后坐到了村口的桥墩上。村里的一个邻居大妈挑着担子走过我的身边，她问我坐这干吗，还大声提醒我，小心别掉河里头咧！我没有回头，我怕我一回头泪水就会忍不住，像脚下的河水一样哗哗地流出来。我想，如果真的不小心掉到河里，我就不用发愁怎么面对我的父母和哥哥了，我就不用看到他们脸上露出失望的样子了。

也不知坐了多久，我并没有不小心掉到河里。天色渐黑，四周响起此起彼伏的蛙鸣声。我一步一步地往回走，走到家门口，看到大门上挂着一把大铜锁。家里没有一个人，邻居说家人都出去找我和我家的牛了。我一口气跑到山坡上，牛果然将树周围的草啃了个精光。趁着月色，我看到我爸我妈还有我哥牵着一头牛从村子南边往家里走。他们的脸色一定很难看，因为他们只是找到了闯祸的牛。它从北边跑到南边，溜进别人家的菜园子，吃掉了半园子的玉米苗。

我又一口气跑回家，母亲正红着眼睛在淘米。父亲坐在煤炉边抽水烟，他一见我，就将烟斗重重敲在炉沿上，大声呵斥着，养你这么大，连头牛也看不好！哥哥赶紧将我推进卧室，我一晚上都没有说话，也没出去吃饭。母亲进来看过我几回，她不停地摸我的额头，怀疑我是不是生病了。哥哥给了我一个饼，是二叔家烙的。他问我是不是出成绩了，我背着脸说，还没呢，还得有几天。

第二天我起了个大早，或者说，我压根儿一晚都没有入睡。我跟父亲说，我想去哥的制砖厂做工。父亲的气还没有消，头也不抬地说，连个牛都看不住，你能做什么？我对父亲的轻蔑感到非常不满，说，干什么都行，就是搬砖块我也愿意！就这样，我去了我哥的制砖厂做工。哥哥告诉我，砖块刚烧出来时很脆的，需要从窑里搬到窑外，经过日晒雨淋，消掉一身的火气，才能砌成一面墙。我具体的工作，是将窑里烧好的砖一块一块搬下来，垒到担子上，再由力气大的一担一担挑出去。窑里很闷，砖面很糙，不大一会儿，我全身就湿透了，手心也磨出了三四个血泡。哥哥心疼地将他的手套摘下来给我，可是依然不管用，锋利的砖棱儿还是不小心划破我的手套，又划破我的手指。我没有吭声，身体上的疼痛可以让我暂时麻木，忘却分数的烦恼。只有等晚上回到家里,一个人躺在床上,我才重新清醒过来,于是又像一条搁浅在岸上的鱼,翻来覆去地睡不着。

那一年我十七岁,一米七四的个头,瘦得跟豆芽菜似的。一个多月又苦又累的工作,并没有让我变得更瘦,相反我感觉自己一天一天愈加强壮,就像地里疯长的玉米苗一样。半夜的时候,我经常会听到身体里有咯吱咯吱的声音,那是我的力气在增长。我一直没有勇气说出高考结果,很奇怪,他们也没有再问我。有好几次,在跟父亲和哥哥说话时,我试图往这个话题上引,结果他们都将话岔开了。我也没有看到他们脸上的失望,也许他们早就猜到了结果吧,也许他们从来都没有对我抱有希望。我的话变得越来越少,也不怎么爱出门去疯了。邻居大妈见到我,说我变黑了,长大了,像个男子汉了。我偷偷对着镜子看过自己,看上去有些陌生,嘴唇上都长出了一溜儿浅浅的胡茬。

下过一场雨,天气开始转凉。是九月初的一天,父亲一大早叫醒我。起来吧,今天该去上学了。母亲已经准备好了铺盖,上面还散发着前几天晒进去的太阳味儿。哥哥将学费交到我手里,说是给我这一个多月的工资。父亲照例背着铺盖,送我到村口的桥头。父亲说,天气凉了,你在学校要注意身体。我接过背包,走在了通往复读的路上。一阵风吹过,我积蓄一个夏天的泪水终于忍不住落下来。

村庄渐渐地远了。这个夏天,也渐渐地在我身后远去了。

卖菜记

曲 辰

说起来,是上个世纪的事儿了。

我上过两个初三,参加了两次中考。

初中时,我迷上了文学,课外图书课内看,业余爱好专业写,为此荒废了学习。那时的写作,近乎无病呻吟,却自我感觉良好。每过一段时间,我都会将自己的文章汇集,用针线装订好,起个雅致的名字,编目写序,一本“书”便出版了。不过我也知道,那些自娱自乐的东西拿不上台面,是不能算数的。我对同学们说,将来我肯定会出版真正的书,那谁,你的字儿不错,题写书名非你莫属;那谁,你有很好的美术功底,封面设计由你代劳;还有那谁,序言就归你啦……

缘于此,我第一次中考的成绩惨不忍睹。家人并没有怎么责备我,只说安排我转学复读,来年再战,不过趁着暑假,温习功课之余,帮家人干点活儿吧。放假时,麦已收秋已种,家里的活儿也只是卖菜而已。在此之前,我是参与过卖菜的。那时大哥是县里卫校的住校生,二哥远去新疆当了兵,每到星期天,爷爷总是带我去别的乡村卖菜。天不明我就被家人从床上拽起来,又扔到架子车上,和黄瓜、西红柿一起上路。清冷的晨风和着爷爷"嘚儿——驾!"的喊声,给少年的我最深刻的记忆。现在我闭上眼,还可以感受到骡车在崎岖不平的道路上的颠簸,清晰地看到似黑似蓝的天幕上的晨星。

但这个夏天不同,二哥已复员回家,担当着卖菜的主力。在部队,二哥是驾驶员,回来一时找不到合适的工作,便待在家里。家人怕他荒废了技术,筹钱买了辆机动三轮车,让他开着。再卖菜,土枪换炮,二哥驾驶着三轮车,好似一位威风凛凛的将军。我特别喜欢和他一起干活儿,爱听他讲外面的事情和生活的道理。别的不说,"蒸馍蘸尿,各有所好""杀鸡杀屁股,一人一杀法"等俏皮话,就让我感到新奇。我不由得对民间文化有了兴趣,为此专门买来一个笔记本,捕捉他那稍纵即逝的口头语。

卖菜时,二哥也是妙语不断。"价钱说好,秤上给够"给我的震动就挺大,这话从二哥嘴里说出来,朴实又形象。相比之下,"诚信"就太文气太概念化了。卖到最后,我为顾客挑剩下的蔬菜发愁,二哥却说:"拣到了卖到了,百货对百客,不用急。"后来,还真有人看上余下的呢。这让我大开眼界,对只有初中学历的二哥肃然起敬,不禁想到几年前他的回信:"你久投而不中,每次的失败都要找出自身的不足,有所长进。要有真情实感,而不是空想虚构。生活中的很多事情,正是苦想苦找的题材,要不也不会说哪篇文章不贴近生活了!"想想平时闭门造车的习作,我羞愧不已。

卖菜间隙,二哥说,你要好好读书,不要像我一样。妈以前总训咱们,不好好学习,将来就等着跟拖拉机拾大粪吧;可是,如今犁地拉车都用不着牲口了,你这个拾大粪的跟着拖拉机,它又不会拉大粪,你还有出路吗?以前我总是把妈的话当耳旁风,现在才真正理解了。二哥又说,现在是蔬菜上市旺季,你看这黄瓜,价贱,才五分一斤,但贵贱都能换点钱啊。你开学要交学费一百元,如果要卖五分一斤的黄瓜,需要两千斤。

那么多黄瓜，压得我喘不过气来。我鼻子发酸，沉默不语。

卖完菜，二哥感叹，自己种自己卖赚不了什么钱，没什么意思，下一步准备倒菜到省城，挣个地区差价。我看他踌躇满志，不假思索地说，拾不了大粪卖菜也挺好的。他瞪了我一眼，你还是少想这些乱七八糟的东西，操心学习，你不是卖菜的料！

回家路上，看到一个村子河渠里有水，二哥把车停在旁边，我们就着里边的水洗脸。二哥问我，知道这水从哪里来的不？我说，不就是从地下抽出来的吗？二哥说不对，这水是从青天河水库里放出来的，可惜这儿又没什么地，只是用来浆洗东西。青天河水库我是知道的，它截住源自山西的丹河水，只放很少一部分水过闸。那些水奔流而下，注入沁河；沁河水蜿蜒前进，汇入黄河；九曲黄河浩浩荡荡，融入于海融入于洋。

想到这里，我呆呆地立着，说不出话来……

第二年，县一中提前招考，我报考应试，顺利被录取。

父亲进城

徐水法

父亲一直拒绝进城。

我是父亲唯一的儿子，也许父亲深谙“养不教，父之过”的道理，从小他就对我严格要求。我还算争气，考上大学走出大山，毕业后又留在城里安家立业。生活稳定下来后，我极力邀父亲进城和我们一起生活。父亲每次进城，都把我家当作候鸟迁徙途中的一处驿站，住不了几天就急不可耐地往家奔，怎么挽留也没用。

父亲没有多少文化，说出来的话却像一个诗人或哲学家一样。他说城里的天空躲躲闪闪在高高的楼群之间像一线天，比不上站在老家的山上，一直可以看到几十里外镇里的大片屋舍。城里的树如同城里的女人，这里盘枝，那里压条，整得奇形怪状的。老家的村前屋后，到处是恣意生长、率性伸展的各种树木，看上去朝气蓬勃,满目生气,令人赏心悦目。

平时伶牙俐齿的我此刻总是笨嘴拙舌,无法说服来自偏僻山村的朴实的父亲。

父亲一生为人实诚,在村里口碑很好。从我记事起,他一直是生产队队长,记忆中村里还有一个队三天两头换队长,父亲当队长则一直当到生产队解散。生产队临解散前,父亲还做了件非常漂亮的事。

我老家在三地区四县交界的山里,田地本来不多,口粮一直是个大问题。上世纪80年代初的一个春天,父亲和队里的几个领导偷偷在队里搞了生产责任制,此事被另一个队里的人告密到当时的公社,工作组一下子来了十几个人,把父亲隔离到村小学的办公室,要求他承认错误,把承包下去的田地收回归集体管理。父亲坚持不收回,反而说服工作组让他做一年试验,结果那年队里家家吃饱了饭。到年底上面还来了政策,所有田地必须实行责任制。

若干年后我问父亲,当时为什么冒这么大的风险,不怕被抓起来吗?憨厚的父亲说:“没办法啊,肚子闹革命。吃饭可是个最大的问题啊!”仅此一事,父亲在村里的威望久盛不衰。

有次父亲进城来看我们,在我们居民楼附近发现了一处荒芜很久的空地。父亲兴奋得像个孩子,买了柴刀、锄头和簸箕,还对我的儿子——他最疼爱的孙子保证:爷爷不回山里了。父亲把杂草锄净,把石头用簸箕端到地边,垒成一道低低的围墙,一块成垄成畦的地很快在侍弄了一辈子土地的父亲手里整理好了。

一个雨后的清晨,父亲又在这块他新开拓的“领地”里种上了蔬菜。我几次劝阻他别去弄,这在城里是不允许的。他不解,我解释也无效。很快,眼看绿油油、翠生生的各种蔬菜可以吃了,父亲也开始念叨他的计划,自家吃不了就让我分给左邻右舍。

不料,市容办开着一台压路机来来回回几下就把父亲几个月来的辛劳和绿油油的希望碾得平平整整。任父亲怎么哀求也不理不睬,留下地上一摊横流的绿色汁水扬长而去。

我闻讯赶去,只看到如风中残叶般不住颤抖的父亲在念叨:罪过啊!这么好的菜。作孽啊……父亲高大的身躯似乎一下子委顿了。次日,父亲不顾我们的百般挽留，执意回到山里的老家去了。

得知父亲病倒在床，我和妻流星赶月般回到山里的老家。父亲第一次躺在床上见我们，看见我们双双立在他的床前，他浑浊的双眼顿时泛起奕奕神采。好强的他强支起身子，坚持要自己上车，双脚却怎么也不听使唤。我不容他分说，弯下腰，一手揽过父亲的腰，一手伸进他的膝弯，很轻松地抱起了他。这才发现，近一米八的父亲全身轻得仿佛只剩下一个躯壳，让我陡然想起村头屋后树上附着的蝉壳，那几乎是没有分量的。

我抱着父亲，脚步轻轻地走着，心情十分沉重。父亲在我的怀里安静得像个孩子一样，微带羞涩地笑着，很坦然也很满足。曾经在我的心里那么高大伟岸的父亲居然变得如此羸弱、无助，想起小时候总觉得父亲的怀抱会永远那么宽厚那么温暖，我忍不住双眼酸涩。我仰起头，极力不让泪水滴落下来。

父亲终于肯和我们一起进城了！

父亲的鸡啼声

徐水法

父亲进城的第二天就告诉我，他听到了鸡啼的声音。

我不信，对父亲说不可能。这是全县城里最现代化的住宅小区，怎么可能允许住户养鸡呢？

父亲坚持说听到了鸡啼声，我说你准是想起了我们原来住的地方。那里没有围墙，没有物业。住户们养什么的都有，整天鸡啼狗吠猫发情。一大早还被灌煤气、买早餐的吆喝醒，整个一大杂院，和我乡下的老家没两样。

那里只有单位分的一间房，厨房、卫生间都是公用的，父亲来了没法住。现在换了大房子，我就把住在老家的父亲接来住。可父亲一连几天都说听到了鸡啼声，害得他翻来覆去睡不好觉。

父亲还说只是这鸡啼声不如乡下老家的公鸡打鸣洪亮、清脆。听着涩涩的，有说不出来的感觉。开始，我觉得可能是父亲刚从乡下老家来城里，一下子不适应这城市的生活，出现了幻听。连续几次听父亲说得有鼻子有眼的，我决定趁周末去周围打听一下有没有人养鸡，省得父亲整天想着这件事。

左邻右舍，楼上楼下，包括前后楼，我用两天时间带着父亲问了个遍，都没发现谁家养鸡。这上楼下楼的把我累得够呛。父亲比我精神好，大约整天在山上田里劳动的原因。

一连几天，父亲没说什么，总是坐在阳台上一动不动。我有点奇怪，父亲说除了周末出去找鸡没听到鸡啼声，这些天依旧听到了。我有点担心了：我们一家人都没听到，为什么就父亲一个人听到鸡啼了呢？会不会……

我带父亲去医院检查耳朵，折腾了一上午，所幸各项指标都很正常。回家后，父亲仍说听见了鸡啼声！当天晚上，我和父亲睡一张床，和父亲聊了很多村里的事。开始我还饶有兴趣，后来我睡意渐浓，可父亲依然兴致颇高。我只好推辞说第二天要上班，父亲才打住话头。我一觉醒来，发觉父亲仍在翻身。我迷迷糊糊问他，父亲说睡不着，睡梦中的我被父亲推醒说让我听鸡啼声。我一骨碌坐起身，不禁哑然失笑，告诉他这是楼下那户人家的闹铃声。他家儿子今年参加高考，担心考不上重点大学，每天提早起床一个小时，让儿子温习功课。这和我们楼上楼下都打过招呼的。没想到这闹铃声设置的居然是公鸡的啼鸣声，难怪父亲说这声音有点儿说不出来的感觉。这机械的声响，怎么可能和乡下自家养的公鸡报晓声一样呢！

我以为父亲这下肯定会安心在家里住下去。乡下就剩一老房子，他不在我这儿安心养老，还能怎样！

过了一段时间，父亲说听到狗叫声了。几天后，父亲又说听到两只猫在发情打架。我说肯定是您老整天没事瞎想折腾出来的，我们这样的高层建筑小区怎么会有狗啊、猫啊！没事就看看电视吧！千万别瞎想，养儿防老，您就快快乐乐地享几年清福吧！

父亲嘴里答应着，好长时间也没再和我说听到什么的了，不过他待在阳台上的时间越来越多。我每次问他有心事吗？他总是躲着我的眼神，连声说“没事没事”。后来我突然想到,父亲肯定是想乡下老家了。我就问他,父亲连连否认:没有没有,这乡下哪有城里好啊!不过我还是看出来,父亲坐在阳台的阳光里,像一株水土不服的植物在渐渐枯萎下去。

有一天,我在单位里和人聊起我的困惑,有个年纪较大的同事告诉我说,你父亲肯定想家了!我说不是啊,父亲亲口告诉我的啊。同事说你不懂父母心,他是不想让你担心。不信你周末带着父亲、孩子回乡下去一趟试试看。

周末我对父亲说回乡下老家一趟。我分明看见父亲眼睛一亮,随之装作淡淡地说,老家又没事,你那么忙,这不是耽误工夫吗?我说这个周末刚好没事。现在不就流行乡村游、农家乐吗?我们全家也时尚一次。

父亲听我说完,马上步履轻松地去收拾自己的衣物去了,嘴里还哼起没有词的小调来。看着他瘦削挺拔的背影,我才醒悟:父亲是棵树,一棵只适宜生长在乡下老家的大树!